草木黎人

黔地黎族人最后的乡愁

李天斌 著

远方的家·民族系列

电子科技大学出版社
成都鼎堂文化传播有限公司

别样的风景。

多年来，在这样的想象和虚构中，我不得不又要接受一个现实：关于乡村，真实的情形是，山坳之间，三五个自然村寨，上百户人家，在一截截狭长的平地上一致排开，抬头均能看见炊烟升起，听到狗吠鸡鸣，人声在瓦楞和树巅上缠绕，成片的庄稼在四季中不停地奔跑，日子以其琐碎的形式刻在人们额头，日复一日，年复一年；每一个日子永不停歇地穿行，春花秋月不过是人世举起的另一束烟火。

最多是，山地上的樱桃花作为一种自然风景的调剂，当人们在村子里生活累了，就来到这里坐坐，当目光与一朵朵美丽的樱桃花相遇，尘世的痕迹暂时隐去时，或许真的就觉得身心安静了。稍后，还要不可避免地回到村子，再一次经历日升日落……

二

15 岁之前，我几乎全都扎在樱桃林里。放牛，割草，爬在草丛中看某只螳螂或者蛐蛐跃动，与某条从山上快速滑下的蛇擦身而过，提着石头追打某只从林中穿过的野兔，爬在树上用嘴吸吮樱桃花上的雨露，躲进樱桃花深处故意让母亲担心，跟几个童年好友用纸板抑或青草玩赌博的游戏……一切童年可能经历的事情，我都在樱桃林里经历了。

不独是我经历了，大凡出生在这里的人，也都经历了。多年来，除了少数几个，其余的人不单是在这里经历了童年，甚至直到老年，直到死去，都没有逃出乡村的版图。以我的家族为例，在村里，到我时已历经了六代，除去交替的时间，每代以二十年计算，也有了上百年的岁月，其间除了我后来离开外，其余的均没有离开半步。

在村里，很多人出生了，很多人死了，终其一生，他们最多就是到樱桃林里走走，看一看花开花落，装一袋旱烟，在青烟明灭的瞬间，在某块石头上默默地坐着，一直就这样坐着，坐着坐着就老了，甚至就没了。老去的过程，就像风吹落一朵樱桃花，一闪就不见了。一朵樱桃花，就是他们世界的全部，也可以说是他们一生的履历——简单，一眼便可见底的清澈。没有任何掩饰，也不需任何掩饰，不管生老病死、喜怒哀乐，始终都是默默地，正如平常的每个日子，仅是以其宽厚与仁慈，接纳了一切。其中的一切，也都如泥土与石头般真实，真实地贴在每个人的心上。

这很有点像某种精神固守，但实际上他们是无意的，甚至还有可能是盲目的——一个人对某块土地而言，更多的不是你去选择它，而是它选择你。往往是，在村里，你出生了，你就成了其中的一朵，不管你愿不愿意，也不管你清醒还是麻木，直到有一天你在风中忽然零落，然后新的花朵重新绽放，故事在轮回中另起一页——时间就这样连接了下来。人世的代谢，与一朵樱桃花上的世界，同样的迅疾，同样的残酷。

三

直到现在，我依然不明白我离开乡村的缘由。从最初到现在，我跟这里的所有人一样，并没有觉得乡村有丝毫的不适，也不觉得一生固守一隅有什么不好——相对四处奔波迁徙而言，我甚至认为这算得上幸福的一种方式。我只是相信，我的离开更多只是某种偶然的结果，并不代表我内心对某块土地的排斥和遗弃，这从多年后我不断回到村里可以得到证实，其间的情愫，分明是最好的证据。

从我长到犁耙一样高时，父亲便开始叫我学习耕种——我想说的是其实我早已习惯了乡村的一切程序，或者说乡村跟我之间，彼此早已相互融入。因为不单是我，在乡村，这是所有人必须经历的一个重大仪式，就像一个充满神性的成年礼——一个地域对生命的某种认知，其间包含了某种寂然无声抑或轰轰烈烈的生命观，荣辱悲欢在这一刻早已悄然打下某种烙印。

无数岁月以来，这一烙印就像某块胎记，一辈又一辈，一个又一个地在村庄的精神和肉体上生生不灭。一旦经受这一洗礼后，一个人的身份就得到了认同——在乡村，多年来高悬其上的，并不是如诗书礼仪之类的说教，而是一个人对土地对耕种无声的认识与言说——就像某种遗传的密码和基因，只有它，才能让你在任何时候任何地点均能找到深刻的归依感。

譬如我，即使多年之后，即使我行走在远离乡村的路上，仍然会一不小心就想起我在人世之初所接受的洗礼——沿着一抔泥土的路径，我往往就能迅速像昨天一样触摸到我与我们留在那里的气息，总觉得那就是人生的某种基石——它倒不一定与荣辱悲欢有关，却与对于生命最初的认识紧密相连。

四

毋庸怀疑，一个人在乡村出生了，他或她最初所看到的、后来所经历的，的确就是有关泥土的事。

正如我在《泥土上的乡村》一文中这样写道：“在乡村，一个人的故事，往往是从一抔泥土开始的。譬如我，一睁开眼睛，我就看见了泥土：房屋是泥土的颜色，灶台是泥土的颜色，场院是泥土的颜色，草木是泥土的颜色，河流是泥土的颜色，就连天空也是泥土的颜色……一开始，泥土就挟裹和覆盖了我；一开始，泥土就住进了我的心房，我是泥土上生长的一株植物。”这绝不是妄言，也绝不仅仅是我一个人的事，在乡村，最早进入每一个人视线的，除了泥土的颜色外，几乎再也找不到其他颜色。从一开始，泥土就注定了乡村生命的色彩和基调。

在我的乡村，每个人都是种在泥土上的一株植物，一直到死，才会连根拔起——我一直为此觉得恍惚与沉重。尘世之上，生命的形式其实是多元的，更是精彩的。一个人完全可以像一块扔进河里的石头，虽然微小，却也能击起那么一点声响的。乡村却不是这样，一枚落叶的阒无声息即是一生的姿势——生之前，泥土把它养活；死之后，泥土将其覆盖。这就像我在前面说过的一样，它与守望和期待无关，最多是某种程度上的自生自灭：生命的轻若草芥与一缕轻风，就像某种与生俱来的隐喻，一直烙在那里。

还是以我的家族为例：从我爷爷以上的四代人，他们在村里出生了，在村里死了，他们真的就像一枚落叶，入土之前抑或是入土之后，均没有留下任何声息——不要奢望有关他们的丁点文字能流传，即使如照片之类的也没有，甚至是，他们几乎无一例外地都没有墓碑，其中有的坟墓，还早已湮没在了视线之外——乡村所能给予他们的，他们在乡村所能留下的，至多是多年后来自人们内心的一缕遥远的并无多少切实的血脉遥想，以及他们曾经耕种过的土地。身前身后的事仅止于一株植物从春到秋的轮回，时间就像一个模糊的黑点——在乡村，如果你要对时间进行猜想，它所能给予你的答案，就是从泥土始，至泥土终；一抔泥土，即是一生，即是所有的过程，包括悲欢离合、阴晴圆缺。

五

我现在相信这绝不是一种诗意的存在。所谓诗意，它一定是以精神为基础的，荷尔德林“诗意的栖居”是这样，梭罗的瓦尔登湖也是这样，诗意在他们而言，是一种纯粹的“精神”范畴。但我的乡村并不是这样。即使有年年盛开的樱桃花，也有秀美的山峰、小桥流水，还有明月赤霞，甚至包括各种绮丽神秘的传说以及人们隐约的浪漫心理，一切美丽的风景其实与诗意均没有多大的关联。

真实的情形是，在村里，自然的风景对生活并没有半点消解的意义。一边是风景如画，一边却是生活给这块土地所带来的沉重——这有点像一种悖论，生命和事物总是充满矛盾，矛盾构成了生活的常态甚至本质，矛盾使得一个村庄多了几分沉重的同时，更能引人对于时间以及覆盖其下的人事的思考。

我现在想说的是，我的乡村一直是贫穷的。我出生于20世纪70年代初，一直到我15岁离开，这个年代均还属于乡土岁月，还没遇上改革开放以及后来滚滚而下的打工潮流。也可以这样说，多年后我对乡村的记忆，应该都集中在这一段。在这一段时间里，应该说，乡村留给我的记忆，大多充满了贫穷，许多镜像般的记忆，始终让我无法释怀。

那时候，贫穷就像四处乱窜的荒草，紧紧覆盖着每一户人家，其中印象最深的大概有两件事。其一是我们家的邻居，他家是典型的吃不饱饭的人家。记得某个早晨，他家儿子因为肚子饿不去上学，父亲就用树枝抽打他，一边抽打一边就重复一句：“肚子饿就不上学了？”然后又是一句，“不上学了你一辈子都要饿肚子！”整个过程父亲就像自问自答，也似乎在背诵某段台词。当时倒不以为然，但许多年后这一问一答里透出的荒凉，却像漫涨的洪水，一次次将我淹没。其二是村里某个我喊大叔的，因为缺粮遭到妻子的埋怨，结果就用一根绳子将自己吊死在了水井边的某棵楸树上——那时候是秋天，凌厉的秋风如刀肆虐，以至于多年后，每当秋风起来，我就会想起那幅场景，梦魇般让我无所适从。

在村里，在关于贫穷的记忆里，这样的例子举不胜举。所以我始终相信一点，如果多年后我对着乡村的某一自然风景流连忘返或是诗意联翩时，那其实只是一种粉饰，一种内心对另一种内心的企图的遮蔽，甚至忘却。

六

我必须说起俗语——对了，在我的乡村，如果你要说起生死，你一定就绕不开那些俗语，众多的俗语就像写在泥土与贫穷之上的箴言，没有谁告诫谁，也没有谁强制谁，但是，仿佛从一开始，它就从《佛经》的纸页上落了下来，仿佛神谕的声音，很自然地就生长成了内心的菩提。一辈又一辈，从村里走过的每一个生命，均会从中寻觅到属于自己的气息。

譬如我在《乡村俗语》中写到的一些场景：

“‘我们原本是吃灰尘长大的’——在村里，每当人们从火塘里拿出烤熟了的食物，一边拍打着上面的灰尘一边总这样说。当人们这样说起时，并没有自轻自贱的意思。在村人看来，从生命诞生的那天起，就注定离不开灰尘，及至长大，直至最后死去，每一个生命从灰尘起，至灰尘终。灰尘成就了人们的一切。‘我们原本是吃灰尘长大的’——在村里，在这样的俗语中，你看到的，几乎都是与灰尘紧密相连的村人。他们在灰尘中耕作，在灰尘中行走，在灰尘中歇息，他们总是一身尘埃，蓬头垢面。但他们从没觉得任何的不适。与灰尘为伴，他们显得那样的从容，甚至优雅。”

“‘人生不就图个热闹吗？’——在村里，结婚时，总要倾其所有，摆上几天酒席，‘不管有吃无吃，一个人一生就这么一次，好好图个热闹嘞。’逢年过节，或是想办法买了好吃的，或是给娃儿们换上新衣时，就对着别人或兀自地说：‘管他喽，人生不就图个热闹吗？哄个娃儿高兴嘞。’老人过世时，虽然办不起隆重的葬礼，却一定要请乡亲们前来唱孝歌，‘不管有钱无钱，亡人就死这一回嘞，就热热闹闹地送送亡人吧’。‘人生不就图个热闹吗？’——人们辛苦一世，匆匆地来，匆匆地去，就这样简简单单地热闹一回，有何不可呢？”

“‘人最终都要走这条路嘞’——在村里，每当老人辞世时，人们就要说上这句话。面对丧家的悲戚，人们总要安慰说：‘别伤心了，人最终都要走这条路嘞……’村人们就这样，你家老人过世时我安慰你，我家老人过世时你安慰我。安慰的话一样，安慰的口气也一样。每户人家都得到过别人的安慰，每户人家也都安慰过别人。‘人最终都要走这条路嘞’——是的，热闹也好，寂寞也罢，从村里走过，所有的生命最终都要走到这条路上。看得开也好，放不下也罢，每个人都要这样走过。一条路就是一生。所以当村人们这样说起时，不管怎样，也就多了一份简单，少了一份复杂，也就少了一份缺失，多了一份圆满……”

一句质朴的俗语，无疑藏尽了一个村庄的生生死死——虽然有点恍惚，尤其是在多年后的灯红酒绿中，它们竟然是那样地让我恍如隔世；但于我而言，却又是那样的真实，就像一块块存放在我心里的巨石，无论时光怎样变化，我相信，即使给予我西西弗的勇气，我亦无法挪得动它们的位置——我又怎能去挪动它们的位置呢？

七

有很多年，我一直会想起从村里走过的一些老人。

他们平生没有任何业绩，稼穑之外，再没有其他的世界。

他们只是默默地，他们出生了，走过了，最后死了，像一阵风，一回头就不见了——唯有樱桃林还在，唯有他们曾经亲吻过的山川、河流与土地还在，唯有山地上年年盛开的花朵还在——他们曾经的气息早已隐入一片暗黑，但不知为何，我总会想起他们从前留下的影子，并每每从中觉出深深的失落。

最记得经常带着我放牛的某个老人。那时候是冬天，虽然不落雪，但寒风一阵紧似一阵——为了不让我冷着，老人总要找到某个不透风的石壁，在石壁下生起一堆柴火，把我安顿好后才出去吆喝牛。我则一个人坐在火堆边，又冷又硬的风在山野里呼啸，像狼群走过的声音。万物岑寂，大地是死寂的颜色……很多年我都会记得这个场景，一个老人对一个孩子的关心——形式和过程虽然微不足道，但他却深深地印在了我的脑海里，就像危难之下一份真诚的友谊。

老人故去后，他的家庭发生了不可思议的变故：先是他的儿子患了一种据说会传染的病，然后是所有村人（包括我在内）对他儿子的一度疏远甚至驱逐，再是他唯一的孙子因被驱逐而抢劫而杀死人被判无期……每次想起我都会觉得心疼，为这个老人，为村人，也为自己，总觉得这个老人一家的变故，除了疾病的因素外，更多的责任还在于村人的愚昧与偏执。而我自己呢？我不也曾是那帮凶中的一员吗？如果这个老人地下有知，他将会如何看待我？他会不会愤愤地骂道：“这小子的良心全被狗吃了……”

又如某个陈姓老人。在村里，他没有儿子，只有一个女儿，招的是上门女婿。但据说他也是生过好几个儿子的，只不过都夭折了。儿子的陆续夭折，让他看透了人世的生死，以至于后来他有个外孙因病死去时，他不自觉地就说了一句让人觉得不该说的话，他说：“死就死了呗，人世不就是生死两字？有生就有死……”也正因为这句话，他挨了女婿的两耳光——我至今仍清晰地记得那时候他手拄拐棍，呆呆地站在原地，一副老泪纵横的样子。没有人理解他的内心，有谁又能理解他的内心呢？——在村里，对于人世的思考，有谁还能超越一个孤独的内心去审视与言说？

像以上两个老人之类的，在村里，他们并不是某个个体，而是一群，甚至是大多数，他们不为人理解，不被人在意；在村外，更没有人会知道他们，但每一次想起他们，我就仿佛触摸到了乡村的某种本质，总觉得不论时间还是空间，不论生与死，在那里，他们早已默默地说出了一切！

八

生与死，其实就构成了乡村的经纬。只不过这生与死，都是寂寞的，他们没有轰轰烈烈，没有任何可以炫耀和传说的资本——生就生了，死了就死了，就像一只蚂蚁爬过大地，就像一缕尘埃浮在风中，微小的身影根本不可能引来任何关注。

而更值得回味的是，一个人在村里死了，没有墓碑，泥土也很快在风雨和荒草中塌陷下去；再多年后，坟墓的痕迹隐去，于是就有人在上面盖起新的房屋；再或者，某户人家因为迁徙他乡，或者人丁零落，直至最后从村里消失，于是先前的屋基就被选作墓地——在村里，人与坟不断循环，生命与生命之间的界限，从来就是模糊的，也是最引人怅惘的。今天这里还是人居处，到明日可能就有一座坟墓耸立起来；昨天还是红罗烛帐，今日却已是荒冢白骨——生与死，在村里，更多时候是以一缕风的形式烛照这个世界。

而我必须说到他们——大约是到了20世纪90年代，他们竟然都选择了集体出逃！只是他们没有料到，出逃不久死亡就找到了他们；他们更没有料到，在他们死后，唯有乡村敞开了怀抱，永安他们的魂灵。

在乡村的死亡名单上，福福大叔应该名列第一位。那时候，福福大叔把土地撂荒并狠狠地骂了句——“妈的，这坝口河越来越养不活人了”之后，就跳上了远去的火车。但不到一年，就传来了他死亡的消息。家人没能力去寻他的骨骸，只是将其生前的衣物为他埋了座衣冠冢——虽然并不曾有死者的血肉与骨殖，但对一个不知所终的亡魂而言，一座在故土上垒起的坟墓已算得上切实的安慰了。紧接着开哥也死在了昆明——开哥是在建筑工地上摔死的，如果要索赔，就得要公开死亡的消息，一旦公开，尸体就要被火化……抱着开哥的尸体，他大哥痛哭失声，最后选择了放弃赔偿，独自一个人找了辆破旧的三轮车，从昆明骑了几百里的山路，悄悄地将开哥的尸体拉回了村里……在他大哥看来，一具完好的尸体，一座完整的坟墓，无论对于死者，还是生者，都是首要的安慰。

还有他们，那些我忘记了或因为不熟悉说不出名字的。近些年来，总有人死在打工的路上，他们无一例外地都被带回了村里安葬。他们生为村里的人，死为村里的鬼——这倒与信念之类的坚贞无关，但他们的归宿总是让我为乡村所感动——正是被他们遗弃的土地，最终接纳了他们。这一事实让我想起一种母性的宽容与仁慈，但是，如果不是在所有的故事都已结束时，又会有谁真正懂得这一份情怀呢？

不过，不管懂与不懂，在村里，每时每刻都还在一如既往地进行着生死。生与死，它已经成为一扇永恒的窗口，引我一次次寂寞地眺望——这里边不单有过去，有现在，还有尚不可知的未来；这里边不单有你的影子，有我的影子，更有我们共同的影子；在这里边，你有可能是我，我也有可能是你；你或者我，无疑都将被一网打尽……

九

关于生死，在我的乡村，很多时候都更像一种传说。

不论是现实中的，还是想象中的，所有的故事往往都要经过人们的口中流传，一旦流传，往往就有了添枝加叶的成分——一件平实的事往往说得神乎其神、活灵活现，把一个村庄的时光说得扑朔迷离、跌宕起伏。

譬如神灵。在村里，在生与死的故事里，神灵从来就是一个永不缺场的主角——在人们的想象里，神灵是多样化的。除了传说中的狐仙鬼怪以及那些四处飘游的亡魂外，自然中很多鸟类、草木、石头等都可能成为神灵的化身。奶奶就曾经告诉我，说每当有喜事或者灾难来临之前，神灵总要派遣使者前来送信：譬如夜蛙子啼鸣时，村里就一定会有人死去；譬如喜鹊在哪家房上叫时，哪家就一定有喜事……一个村子的命运总能从某些神秘的事物上寻找出先兆来。

在村里，神灵还是巫师的另一种化身。每逢哪家有了婚丧嫁娶和新房落成一类的事，甚至是有人生病时，巫师们必定是主持仪式的人。巫师们从村里走过，来自神灵的一切，似乎都了如指掌，一切的幸福和灾难，似乎都在他们的掌控之中。有一年我堂姑姑生病，大爷爷就请了巫师来。巫师穿红戴绿，手舞足蹈，口中念念有词，最后躺在地上，再叫村人将两扇石磨压在肚子上，而她竟然没事一般……村人们无不为之称奇。当时我究竟在不在场，已记不得了，倒只是记得第二天巫师抱走了大爷爷的两只大红公鸡，说是祭神所用，一直走出村外，巫师脸上始终挂着神秘的笑，这份诡异一直让我难忘。

在村里，神灵还与风水的传说紧密相连。人们都说：“大囤是马头，月亮坡是马背，博多岭是一根绳子，青龙山是牵马之人，小囤则是端坐马背的贵人，五个山峰刚好构成一幅‘贵人骑马’的图案。还有一对白鹤，原本藏身于某户门前的石壁里，那年该户凿石造屋毁了石壁，后来很多人亲眼看见一对白鹤腾空飞去，飞去后再也没有飞回来，飞去后如塔般的石壁从根部起神秘地倒下……”人们还说：“要不是小囤的头部在多年前被某地主家削平，要不是那对白鹤飞走，村里一定会出贵人……”

如今想来，村人们的心理，更多的接近一种虚妄，更多的只能让我们涌起无限惆怅。但反过来我又想：在我的乡村，在那些蒙昧的时光里，一切时间和生命，一切苦乐悲欢——在生与死的行程里，难道不也在传说中获得某种慰藉么？

十

那么，传说之外呢？对我的乡村而言，我是不是还有一些想要说出但一直没有机会说出的事？——譬如生活中的鸡毛蒜皮，譬如生活中的龌龊，譬如羞于示人却无论如何都绕不开的话题。

对了，我终于想起来了，对于乡村，从我 15 岁离开，至今已有 20 多年。20 多年来，我一直不曾忘记的还有很多：譬如某个男人勾引了别家的媳妇，结果男人的妻子自寻短见，一场出轨的爱情酿出了悲剧；譬如某家儿子媳妇对公婆不孝，轻者辱骂重者拳打脚踢，最后不堪忍受痛苦的公婆双双喝下农药自杀；譬如某家长得如花似玉的女儿，却找不到好人家，最后还沦落风尘染……一切其他村子可能发生的事，在我的乡村都切切实实地发生了；一切美好的或不美好的，一切亲眼所见的和听人说来的，先前发生的和后来发生的，清晰的与模糊的，一并成为乡村留给我的记忆。

除了这些——对了，我印象尤其深刻的就是来自乡村的暴力。虽然我一再说我离开乡村是出于一种偶然，一再说我与乡村之间，其实早已水乳交融、根土不离，但仔细一想，我不得不承认，我之所以离开乡村，至少也跟那些集体出逃的人们一样怀着某种所谓的怨恨——尤其是当我在乡村遭遇暴力后，这种怨恨就促成了我离开的决心！

说到暴力，我忍不住就有了几分沮丧，在我的乡村，一边是诗意联翩的自然风景，一边是质朴的生活，但在另一边，暴力却无处不在，暴力甚至成为你在村庄是否能够言说的唯一理由！真实的情形是，大到土地的争夺，小到一棵树的权属，甚至一只鸡的丢失，都有可能演绎成暴力的比拼。于是，家族大的，弟兄人数多的，自然就占了上风，占据了村里的话语权；家族小的，弟兄人数少的，往往就忍气吞声，缩着头过日子——无数岁月以来，看似风平浪静的乡村生活，其实就像我在前面说过的，往往只是某种虚假诗意的遮蔽。

现在还是重点说说我所遭遇的暴力吧。那一年，因为家族纷争，堂叔以及他的表兄弟们对我父亲和三叔大打出手。事件发生后，所有村人因为惧怕堂叔的暴力而纷纷倒向他那一面，就连平时关系跟我们要好的很多人，也纷纷亮明跟我们水火不容的旗帜。一时间，我们就处到了孤立无援的境地，没有人愿意接近我们。之后很多年，我们在村里都处于非常弱势并尴尬的地位……

我知道，那时候我是恨我的乡村的，我一直渴望相互的亲近与和谐，所以我恨那些给予我暴力和风吹两边倒的人。我甚至曾经发誓，我要么有一天将他们打跪在地上向我求饶，要么从此远离，将其彻底忘记在我的生命之外……但多年后我才知道，两样我都做不到，两样我都无能为力——一方面，时间已逐渐泯灭了我的仇恨，我早已在内心完成了某种自我的妥协与谅解；另一方面，15 岁之前乡村所给我的记忆，竟然一年比一年更加清晰起来，甚至像催促我似的。有事无事，我都会回到村里，尤其是春天，当连绵不断的樱桃花再次盛开，我总要在那里坐下，一坐就是很长时间——清香依旧传得很远，云淡风轻，某只飘逸若仙的鸟儿在山谷里来回吟唱，只闻其声不见其影；一些神秘的野兔、黄鼠狼、山鸡来去无踪，四野静寂，整个乡村，似乎仅有我一个人，像时间无法吹灭的某个遗像——我突然就想，在这一生，我是离不开乡村了。这一份不离不弃，它其实早已在我 15 岁之前就已注定，就像某种宿命，在生与死的传说里，我注定是其中一个。

目录

1 世俗光谱 Shi Su Guang Pu

2 草木精神 Cao Mu Jing Shen

目录

3 边地季节 *Bian Di Ji Jie*

4 黎人消息 *Li Ren Xiao Xi*

第一辑

世俗光谱

天地君亲师

民间乡村，家家户户必设神龛，神龛正中必贴上五个字：“天地君亲师”。逢年过节，或是婚丧嫁娶，便焚香燃烛对其祷告，不单是祷告的人需要面目肃净，即使在一旁的妻子孩童，也不能作声，仿佛一个乡村的礼乐大典，很容易让人想起人世精神的慎重与端庄。

我小时每看着父亲行那仪式，便会立身噤声，仿佛深渊薄冰在前。虽然懵懂，总觉得在那五个字里，必定藏有人世的崇敬，甚至觉得人世的秘密，或许也藏在那里，而自己关于人世最初的想象和憧憬，经后来确定也是从那里开始的。

那五个字，除了要居中外，一笔一画一定得用颜氏正楷，还必得要请一个从旧年的私塾里走出来的老先生执笔。老先生青衣善眉，挥毫运笔一如古风流转，也唯有这古意，才配得上那五个字里的肃穆——天地如神，君亲师如礼。在人世，似乎这便是准则，是皈依。

“天地君亲师”的旁边，是一副清秀的行楷：耕读传家久，诗书继世长。比起那一笔一画的端正，这稍稍又有了几分人世的率性，从笔法到内容，似乎就像那清肃之地升起的一缕烟火，约略地透出世俗的气息，并紧贴乡村的日常。

敬神知礼的同时，便是来自俗世的期待。一份传家和继世的思想，直如荒寂野地的一朵菊，众木枯萎中，虽不敢说照亮了乡村的日子，却一定是温暖涌动的。尤其是多年后，当乡村日子照旧，耕读与诗书却如梦般始终缥缈难觅，这期待就越加显得质朴无比，宛若盛世繁华下的清守与坚持。

“天地君亲师”两旁，便是灶王菩萨和四海观音之类。众神分居两侧，宛如众星拱月，把那原本俗常的几个字，推上了至尊至崇的位置。而人世的尊卑友爱秩序，便在这最初的牌位里形成。只是让我觉得惊奇的是，“天地君亲师”原本只是庙堂上的思想，想不到在民间乡村，也会有如此热烈蓬勃的景象。

年节过去，婚丧嫁娶结束，“天地君亲师”依然高悬于神龛正中，而且在神龛上，除了一对永远的香炉外，必定是不能搁置其他杂物的，必得要保持那从始至终的清洁。甚至是，每隔两三日，父亲便要为之擦去尘埃，仿佛菩提树下的殷勤拂拭，其间的坚持与虔诚让人动容。四季之中，日子虽然忙碌，却不可以忘记一份崇敬和礼数。《论语》里有“慎终追远，民德归厚”及“不知礼，无以立也”的句子，仔细想想，在我的民间乡村，是否也有这样的文化自觉，一如流落民间的奇花异卉？——这算不算意外中的人世景致呢？因为在乡村，真实的情形必是：一方面高悬“天地君亲师”的牌位，另一方面日出日落、锄禾担柴、渔樵闲话却才是正经事，至于诗书之类的精神话题，总是远在日子之外的。

菩萨引

梵语上说，菩萨是觉悟的众生，又是使他人觉悟的有情。也就是说，凡已觉悟者，凡一切能使人觉悟者，一切有情，均是菩萨。

菩萨来到民间乡村后，似乎就有了点以讹传讹的嫌疑。先是《西游记》里那个手持净水瓶和杨柳枝的观世音被认作菩萨，再后来，一个洞穴，一块石头，一棵树，一朵花，只要稍有奇异处，都可以被视为菩萨之身，只不过没有观世音正宗而已。身形尚且幻化无常，自然更不敢奢望对那“菩萨”真意的理解了。

不过，这些似乎都不重要。重要的是，在民间乡村，菩萨只有一个最确切的定义：替人祛邪消灾的神。我小时每见到家家户户张贴的观世音画像，便会觉得有神秘自头顶而下，直逼全身，每一个毛孔均觉得似有“凉飕飕”的冷风吹过，也总会觉得，这仙界与地上俗世毕竟是不同的。

再经过那些被视为菩萨的洞穴、石头以及一树一花时，心总是绷得紧紧的，眼睛从来不敢斜视菩萨的方向，只紧紧盯着前面的路，甚至恨不得生出一双翅膀快速飞过去。这样的心理又是一种奇异。按理，菩萨既然是祛邪消灾的神，就必定是好神，对人应该可亲的，但我小时每每路遇菩萨，却要惊慌失措，总觉得会有一只手从那里伸出来，将我拽走似的。也终于确定，仙界与地上俗世，即使内心各自觉得亲，也各有各的排斥和拒绝。

生病或是有了三灾八难时，却必定要来拜菩萨。拜菩萨时，张贴的观世音画像便不再起作用，必得要到观音洞或观音庙去，去时必定要扯上一丈二尺的红布，以及足够的香蜡纸烛。如果不灵验，那就改到洞穴石头或是一树一花之前。民间乡村普遍相信“药医有缘人”，说不准观世音不能解决的问题，山野小菩萨却能解决也未尝不可。这反映到人世道理上来，便是大有大的威仪，小有小的妙处，关键处还得看一个“缘”字。这样的大小此理，便是世间万物固有的秩序。

我小时对菩萨的又敬又畏，仔细究来，却是缘于我的外曾祖母。印象中外曾祖母始终独居于一隅，远远地避着外曾祖父。外曾祖父来寻她，她也不理，却也不另嫁。没有谁告诉我这其间的原因，但我想在外曾祖父那里，一定是有让外曾祖母伤透了心的地方，而且这一伤心，便是她全部的尘世。而外曾祖母一生留给我的印象，便是她一个人在屋子里供起的一个又一个的菩萨塑像。外曾祖母终其一生都没有离开过这些菩萨，一直到死，她才放下安放在菩萨里的尘世。

还有一点可以确信的便是，小时候我总会看见不断有人前去跪在那些菩萨塑像前，外曾祖母则安静地坐在一旁，一边敲打木鱼，一边替跪着的人念经祷告。至于菩萨是否真的显灵，人们的愿望是否最终达成，我却不知道。只记得去的人始终络绎不绝，连我也曾经随母亲去接受过外曾祖母给我们的祷告。外曾祖母清修的世界，也在这一来来往往的人群里有了小小的热闹。后来外曾祖母去世，那些菩萨还在，便由她的儿媳继承了她的衣钵。只是我再没去看过那些菩萨，因为我觉得在外曾祖母衣钵传承的这一点上，始终有人世的一份奇诡甚至是滑稽在里面。

土地菩萨

民间乡村的菩萨，虽分类较多，却要数土地菩萨最受人待见。

一方面，人食五谷杂粮而生，五谷杂粮则又依赖土地滋润，土地菩萨在村人心中，好比衣食父母，一份人子的敬意切切地在那里生长传播；另一方面，又因土地菩萨心性随和，每每并不需要花冠垂旒和璎珞霞帔之类，最多是一块石质之身，并且很随便地用笔墨勾出那鼻眼眉毛，便可领受神意了。正是这紧贴日常的气息，使得在众多的菩萨里，土地菩萨应该是最能贴心贴意的神祇了。

再者，土地菩萨一般不选择地点，即使如荒野小径，她也不嫌弃那四周疯长的杂草，安之若素地居住于此。而最为人称道的是，土地菩萨还不讲究居室的宏伟庄严，即使只是几块勉强能遮挡风雨的瓦片，也可安顿此身。最后便是土地菩萨往往数量众多，要不了三里五里的距离，便能重复看见他们的身影，一个个的土地菩萨，几乎遍布乡村内外。正如遍地丛生的草木一样，贱是一定有些贱了，但那种亲切感却是别的菩萨无从显现的。

我小时记住的土地菩萨，就有十个还要多。每一个都极为简陋，就像一个个衣衫褴褛的村人。不过，简陋并不意味着就没有庄严，就像寻常人家，日子虽然过得艰难，但内心却是万万不能落魄的，一种自我的圆满和修持，就像瓦檐上的炊烟，必定是不能缺失的。这不，单是从小小庙门上那一副红红的对联，便可以看见这精神的挺括与别异。对联是这样写的：“有心为善，虽善不赏；无心为恶，虽恶不罚。”书法的劲道虽然差了些，但一笔一画，字正腔圆，颇见风格。我小时并不大懂得这些字的意思，一直到后来在《聊斋志异》中读到原句时，忍不住就惊诧起来，我真想不到在民间乡村，竟然也会有书斋深处的潇洒风流。

祭祀土地菩萨，不需特别地选择日子，在村人心中，土地菩萨就跟脚底下的土地一样，无处不在，无时不在。土地菩萨不像那些高高在上的神灵，她一直就在那低处，就在人们的视线所及范围内，就在每一次日出日落上，就在每一棵禾苗拔节生长的过程里，就在每一餐饮食和每一次睡梦中，在她随时随地对人们的注视里，人们也可以随时随地对她表示敬意。至于祭祀之物，也不用特别讲究，甚至可以不用，只需烧点不多的香纸，内心便可以获得安宁通畅。

我小时每看到母亲很随意地向土地菩萨祭祀时，还曾经心有疑问，总觉得这样是怠慢了菩萨，必定得不到保佑的。但当我看到如母亲一样随意祭祀的人很多时，那担心也就消失了。又多年后在《聊斋志异》中还读到“有花有酒春常在，无烛无灯夜自明”之句，遂有一种突然的人世透彻和洞明之感，始觉得无论是土地菩萨，还是寻常村人，他们彼此都有从容与放达，彼此都不计较，而民间的乡村世界，也因此丰饶和摇曳起来。

指路碑

民间乡村，凡岔路口，均会看见一块块小小的石碑，上面标明此去东南西北的路，并还会贴上一些鸡毛和涂上鸡血与朱砂，借此驱邪避祟。也由于当时的涂抹很是用力，所以虽经风雨剥蚀，那些印记竟然能长留不灭。仔细再看下去，便知是某一孩童，于某年某月某日为路人立下的指路碑，祈望借此善事，消除灾痛云云。

这便是民间乡村的指路碑，也是民间乡村人世精神的一景。

立指路碑时，必得要请一个巫师，由巫师在前面带路，父母相携抱着孩子，跟着巫师的唱词，绕着即将立起的指路碑转三圈，三圈之后，再燃上一串鞭炮，才能将指路碑郑重立起。立起后，就摆出早准备好的一桌饭菜，再燃起一炷香，所有人便一边看着那香灰一点点脱落，一边焦急地等待。等待什么呢？原来，在民间乡村，大凡小孩出生后，必定要为其找一个“保爷”。找“保爷”时，最好的标准是按着小孩的属相去找。比如小孩是属龙的，则一定要找到夫妇双方都是属龙的，其寓意是大龙如父母，小龙如孩子，庇护自然生成、天衣无缝；又一种认为，如果小孩是属虎的，则要找的那对夫妇，必定一个要属牛，一个要属兔，恰好将“虎”围在中间，“上下”结合地庇护，也如“铜墙铁壁”，外邪无法入侵，从而保住孩子的平安健康。能恰好找到的，便被认为有缘分，互相之间从此如亲戚般来往走动。但毕竟这样的缘分只在少数，更多的孩子在寻“保爷”时，只好退而求其次地借助立指路碑，在一炷香的过程里，如果有谁第一个从此路过，那这个人必定就是孩子命里的“保爷”。如果恰好是个中年人，便认作“干爹”或是“干妈”，如果路过的是年高的老人，便认作“干爷爷”或是“干奶奶”，再如果是小孩，则认作“干哥哥”或是“干弟弟”，总之称呼可以视实际情况而定，但必须选定第一个从此路过的人做“保爷”，这是规矩，也是缘分。

我小时也立过一块指路碑。我一出生，便体弱多病，一直到五岁上下，依然不会说话。民间乡村原本迷信，我的父母也陷在其中不能自拔，一方面担心我是个哑巴，一方面却不带我去看医生（当然也有可能是没有看医生的条件），只是去找了算命先生为我测算。据算命先生说，我之所以不会说话，是因为我前生是个和尚，不但犯了清规戒律，还故意给人指错路，所以必要为我立一块指路碑并寻找一个“保爷”，方能化解这一罪愆。

于是，父母谨按算命先生的指示，在某岔路口为我立了一块指路碑，并如愿为我寻找到了“保爷”。之后，据母亲说，就在第二年清明前后，当她带着我在某座荒弃的寺庙里栽苞谷时，我果真开口说了话。但我一直认定这不过都是巧合，只是母亲始终觉得，我之所以能开口说话，完全是靠了一块指路碑的庇护。这不，母亲又是购买猪肉又是购买红布，又是焚香又是烧纸地对着一块指路碑表示了隆重的谢意，一份民间乡村里的有情有义和知恩图报，在此颇能引人感慨。

一直到我长大，那指路碑都还在。包括我的名字，还能在那斑驳的石纹和风雨里看出。每次割草放牛或是野玩路过，虽不去跪拜，却也双目含情，总觉得那小小石碑，便是自己的身体似的，便是自己留在那山野岔路上的魂魄。再后来，大约在我 40 岁的某天，我的乡村拆迁，我亲眼目睹属于我的那块小小的指路碑被一个庞大的挖机掘起来，然后快速地被掩埋于厚厚的土堆之下……其时，真有一种岁月苍茫、人世如梦的慨叹，并且确切地相信，民间乡村的人世精神，至此肯定到了一个岔路口。

Jiu Li Nian

旧历年

敬母

西方有“母难日”的说法，说孩子出生的时刻，即是母亲的受难日。其实在我的乡村，也有这样的认为。我小时便经常听说：“儿奔生，娘奔死。”说的便是母亲分娩的时刻。这个时刻，既是孩子的生日，也是母亲在生死线上挣扎的时候。

也因为这样的原因，在我的乡村，对母亲的尊崇，往往要胜过父亲。父亲们往往也甘愿把自己摆到其次，如果有小孩跟母亲不睦，甚至稍稍顶撞母亲，父亲们就会大声呵斥孩子，说你咋就这样忤逆？又说你母亲为了生你，已经去阎王殿里走了一圈呢。孩子们便都会知道自己错了，并且立刻就变得懂事起来，房前房后忙着帮助母亲做这做那。来自小小心灵的悔意，把对母亲的敬意，一下子就从冬雪转到春风里了。

我小时每读到水漫金山的传说，或者是状元寻母的故事，便常常觉得人世之上，唯有对母亲的敬意最是赤子之情，最是能牵人情怀的念想。每次看到母亲在生活里奔波忙碌的身影，还忍不住会涌起一种隐约的功名思想，甚至幻想着自己也能金榜题名、仕宦有期，再或者英雄系马、壮士磨剑，总之在出人头地后回报母亲。

对母亲们的敬意，尤其是在母亲们去世之后表现得较为突出。

我小时便知道，每当有母亲们去世时，必定要为其诵念《血盆经》。关于这《血盆经》，古书里说的是，因为母亲生育总是沾染血污，会触污神佛，死后下地狱，必将在血盆池中受苦，唯有在生前为其诵《血盆经》，才能除此一劫。明人汤显祖在《南柯记·念女》中这样记述："到问契玄禅师，他说凡生产过多，定有触污地神天圣之处，可请一部《血盆经》去，叫他母子们长斋三年，总行忏悔，自然灾消福长，减病延年。"在我的乡村，母亲们生前是不需诵《血盆经》的，只有去世之时才诵念，诵念时必得要特意设置一间经堂，孝男孝女跪满一堂，并举家吃素，以示清洁的敬意。不过，关于《血盆经》，我倒觉得佛家真有些不是，甚至是曲解了的。母亲们生育时虽然沾染血污，但那又怎能说是不洁呢？在那血污里，既是生命的诞生之光，又是母亲们的牺牲之光，均充满了生命的圣洁与肃穆，又怎会触污神佛呢？神佛之心，或许也有失从容致远？

除了诵念《血盆经》外，在母亲们的葬礼上，凡亲生女儿，必要喊上一曲《清凉水》。关于"喊"，其实也就是唱的意思。但我无疑更喜欢"喊"字，总觉得一个"喊"字，更能让人看见那情感的真挚动人，也更能映照某个时刻的清凉无依。

喊《清凉水》时，必得在三更天。旧时乡村，没有手表计时，把一个夜晚分成"五更天"，"一更二更"尚属于浅夜，"四更"属于过渡，"五更"已近黎明，人世都处在喧闹之时。唯有"三更"正是夜深时候，正如花开正繁，酒醉正浓，而万物寂寂，人潮退去，世象隐退，一缕悲切之音便可以从遥远的天际慢慢清晰。这个时候，女儿们就要打来一盆清清亮亮的水，端端正正地放在灵前，然后虔诚地跪下去，一边呜呜地哭，一边轻轻地喊。至今我仍然能记得如下几句：

天上一声金鸡叫
地上儿女想娘恩
我娘要喝人间清凉水
我娘不喝阴间迷魂汤
清凉水，水凉清
我娘魂魄何时归

唱腔婉转凄切，哀怨如重重落霜。再加上每唱完一句，那喊的人便要舀出一瓢清水，洒向灵前的夜空，同时嗑一个响头。那一份忧伤，就像一颗在此时醒着的心，人世清凉，诸多缱绻，均在此时荡漾漫漶。一直多年，我总不能走出这样的场景。也一直多年，我乡村的女儿们，在母亲们还未去世时，便一定要预先学会唱《清凉水》，好准备着在将来的某个三更天里，替自己的母亲轻轻地吟唱，去了结人世最后的情缘。若干年来，这已经成了村庄女儿人生必修的课题——而整整一个乡村，乃至所有的旧时年月，也因为这样的坚持显得温婉柔情了许多。

端午

我的乡村不知道屈原，却很看重端午。端午这天，家家户户都要扯来菖蒲——但其实我们都不叫它菖蒲，我们并不知道它还有这样的名字，这个名字是多年后才知道的，那时候我们都叫它艾草——

据说端午这天将其悬挂在门头上，就能驱邪避祟。又因端午正是蛇出没的季节，所以还在房前屋后泼洒雄黄酒，有个别人家，还吃雄黄酒，的确跟屈原的端午已经相去甚远。

不过，端午这天，家家户户却是要包粽子的，这似乎又跟屈原扯上了关系。但真要问及包粽子的意义，却又没人能说得清。由屈原留存在端午里的家国情怀，流淌到我的乡村之后，早已无迹可觅，就像一条断流的河水，最多是，只剩下了几块隐隐约约的石头，提醒一条河流曾经的存在。

从后山摘来青竹叶，再拿出隔年的糯米，便可包粽子了。旧时乡村，糯米极贵，有多余的，早都卖了换作儿女的书学费或是用在亲戚之间的来往上，但为了过端午，几乎家家户户在上年秋收时就要有意留下几斤糯米，实在无法留下的，想办法也要弄它三两斤。因为如果不包，等别人家小孩拿出煮熟的粽子满村溜达时，自家孩子就一定会觉得委屈，甚至觉得低人一等。端午包粽子，显然已经超越了风俗的范畴，更有那做人的脸面在其中。

我母亲包粽子的手极为灵巧。村里很多新媳妇，端午这天都要来跟母亲学习。新媳妇们总是笑眯眯地围坐在母亲身边，一方面听母亲仔细地讲解，一方面目不斜视地看着母亲把一捧捧糯米和一张青竹叶上下翻卷，其用心完全不亚于对女红的专注。还有我姐姐和妹妹她们，因为近水楼台的缘故，未及出阁，便已从母亲那里学会了包粽子。

包粽子自然是女人的事。男人们在端午这天，想的却是雨水以及农事。

早在端午之前，农事就已经很深了。稻秧已经可以移栽，天气却一日比一日还要晴朗，河流里剩下的水已经细若游丝，新田根本打不出来。望着一天比一天高的稻秧，男人们的心也一天比一天焦急。好在时间终于到了端午，很久以来的焦急似乎就石头落地一般。因为每年端午，似乎都要下大雨涨大水的，俗称“端午水”。“端午水”年年如期而至的同时，也把农历节气的神秘，紧紧地留给了人们。

一般是早晨，果然一直晴朗的天空突然就出现了几片碎碎的云朵，再下去，那云朵便连成了片，再下去， 整个天空就像被施了魔法一样，顷刻之间大雨滂沱。就连一直专注于包粽子的母亲和小媳妇们，也都忍不住站到了屋檐下，抬起惊诧的目光，惊诧地看着这神秘而至的大雨，而当她们重新回到包粽子上来的时候，就觉得在一场突然而至的大雨和一个粽子之间，似乎也有某种神秘的关联和对应。

“端午水”之后，整个田野里便响起了欢快地吆喝着牛打田的声音，无论是男人女人、大人孩子，便都纷纷走进了田里，把一根根稻秧，插进了刚刚打好的新田。一缕新的喜悦和希望，便在端午时节开始真正荡漾起来。也因此，端午这天，还被亲切地称为“开秧门”的节日。到这里，我乡村的端午，跟屈原就已经彻彻底底地没了任何关系。

花灯

大观园里，每逢喜事，必定要唱戏，还要作诗。即使到后来人去园荒，那戏台仍然要搭起来。只是，在这里听到的已经不是人世的繁华和热闹，唱吟中满是繁华褪尽的落寞，是人世某种精神最后的挣扎和坚守。旧时乡村的花灯戏，虽然也年年都要唱——丰年唱，荒年也要唱——却远没有这样的精神自觉，最多是寻觅一缕日子里的寄托，虽然跟精神有关，却不一定跟精神紧密相连。

不过，真要追根溯源，旧时乡村的花灯戏，却也是有来历的。据说这花灯戏原本生长在江南之地，只是后来随朱元璋“调北征南”的队伍来到黔地，并从此在黔地山野里留存了下来。我先是怀疑此说是村人对帝王和历史的攀附，直到后来我能读书识字，并亲眼看到我的家谱上追溯到的祖籍也在江苏南京时，才相信了关于花灯戏的传说，甚至还为我的乡村感到了几分莫明其妙的骄傲和自豪。

不过，传说毕竟是传说。真实的情形是，当花灯戏流传到我能亲眼目睹时，早已经像一个流落民间并且没落了的贵族。虽然那一唱一吟之间，仍然是帝王将相和忠孝仁勇那般的庙堂文化，一眼一眉也还是来自庙堂的端庄和肃穆，但更多的却是缥缈——只需看一眼那简陋的舞台，只需看一眼台下的泥土，生活与梦想的距离，就好比这花灯之夜跟那轮月亮的距离，凄清遥远。

旧时乡村看花灯，人虽然多，甚至是四邻八寨的乡亲们都要来，但所有一切却都是简陋的——舞台是简陋的，一盏盏的红灯笼是简陋的，演员的服饰也是简陋的，只有人们表现出来的热情却堪称隆重。有时即使天上落着细雨，人们仍然要坚持着在那露天的舞台下坐着，而那露天舞台上的节目也一定要照样唱下去，那露天的红灯笼，也一定要照样高高挂着，真好比那戏里的地老天荒，不论今夕何夕的浪漫与坚贞。

花灯戏里的节目，仅有《汉高祖斩蛇记》《三英战吕布》《杨家将》《岳家将》《穆桂英挂帅》等关于帝王将相的几出，抑或轻松些关于才子佳人的《唐伯虎点秋香》之类，却从来就没有过跟乡村的日子和岁月有关的节目。这实在是可以称得上奇异——村人并没有那些在花灯戏里的所谓高远的精神寄托，也不能从花灯戏里找到紧贴自己日常的种种，这一矛盾，常常会引发我后来的思考。但我敢肯定的是，我小时每看一次那些节目，就都会有一次震撼，总觉得人世原来可以有另一种颜色，总觉得自己可以离开这山野里的大地、河流、庄稼，就像戏文里的那些人，完全可以铿锵一下的。虽然我的命运证实了这只是一种妄想，但在后来的人生里，至少在精神上，我却是处处都能寻觅到那种铿锵之气的。不能不承认，一台台的花灯戏，有意无意之间，必也是有它意想不到的作用，好比潜移默化，润物无声。

我 15 岁离开村子读师范后，不知怎的，花灯戏也随之落幕，并从此不再上演，再到如今，已然是彻底地湮没了。每次想起，都会有一种怀念之后的怅惘，总觉得跟花灯一起湮没的，并不仅仅是一段曾经的日子与岁月——但还有什么呢？其实，说句实话，至今我也还没有想明白。

Shi Jian De Jiu Zhi

时间的旧址

亡魂的节日

村里的孩子，在略略知晓人事后，父母就要对其说起关于祭奠先祖的事。死去的先祖们在村人眼里，除了血脉温情外，更是一种情感图腾。几乎每个父母都要对自己的孩子说：“一定要记住先祖，一定要懂得孝道。”

所以在村里，亡魂的节日甚至超过了活人的节日。通常是，在艰辛生活的背后，活人的节日可以马虎甚至忽略，但对于亡魂的节日，却一定要认真对待。许多年来，这已经成了村庄风俗的一种约定俗成。就像对待泥土与庄稼一样，其间的虔诚，一直让我无法释怀。

在村里，每年之中，亡魂们一共要过三个节日。一个是正月十五亮灯，一个是三月清明挂纸，一个是七月半烧包。这些节日，就像村人们必须经历的某种时序，必须完成的某种耕作，使得村庄的时间充满了奇诡迷离的色彩。

每年正月十五晚上，每户人家都会准备好一盏盏的煤油灯，用白纸糊成灯笼罩着，把它们送到先祖们的坟上。也有偶尔的几家，因为有钱，索性买来蜡烛，并且还买来烟花爆竹之类，在先祖们的坟上燃放。那些夜晚，在村庄的山野间，那些明亮不一的灯盏，星星点点，漫山遍野，仿佛夜晚盛开的花朵，极为美丽。如今想来，那种景致的诱惑性依然存在。不过，那时在我内心涌起的，更多的是一种对于生的惶惑，对于死的敬畏。那时候，母亲除了让我们把灯盏送到先祖们的坟上外，还要在堂屋的神龛上点燃两盏长明灯。母亲总是说："大年三十夜的火，正月十五晚上的灯。"在母亲的世界里，大年三十夜的火，正月十五晚上的灯，总是对应着我们生命的某种刻度。我虽然没有问过这其间的寓意，但从母亲的虔诚里已约略地懂得——也许，这里面蕴藏着关于生与死的祈福，还有善良质朴的祝愿。

至于清明，按照村人们的说法，倒不是有关那个介之推与晋文公的传说。晋文公在清明祭奠介之推的传说，那是写在纸上的历史（或许亦属于野史），跟村庄隔了很远的距离。按照村人们的说法，是因为清明多雨，是因为担心死去的先祖们在山野里被雨淋湿，所以必须给他们送蓑衣和篾帽去。我第一次听爷爷这样说起的时候，竟然激动得热泪盈眶。这一份充满人世烟火味的怀念，让我初步懂得了敬重长辈的道理。所以当我随着爷爷的指点，在那些远年的坟墓间，知道了谁是曾祖，谁是曾祖母，谁是二曾祖，以及更远的某某先祖时，我就已被深深地打动。而当我跟爷爷一起，把当作蓑衣和篾帽的柳条和白纸挂在他们的坟上，似乎就看到了来自血脉温情的接力。特别是多年之后，当我带着女儿，也在清明来到爷爷的坟墓上时，对于血脉温情的怀想，竟让我无语凝咽。

而实际上，在亡魂的节日中，最隆重的还要算七月半。七月半并不仅仅是一天的时间，而是从七月初一开始，直到月半。那些时候，从七月初一的早晨开始，村里每户人家就要取出去年收藏好的祖宗牌，把八仙桌移到堂屋左边的墙壁下，然后把祖宗牌挂上去，桌子上摆上香烛和水果一类的祭品，意即从这天早上就把所有死去的先祖们接回家来，日日供奉。直到月半的晚上，把买来的黄纸用白纸封了，再分别写上各个先祖们的名字，然后火化，意即送钱给他们，俗称“烧包”。当所有包烧完后，再把祖宗牌取下来，然后再次搁好，一年一度的月半才宣告结束。时间之长、费时最多的月半，一直被村人视为亡魂盛大的节日。它甚至像人间抑或传说中冥界的盛典——奶奶就曾经认真地告诉我，说在月半晚上，只要蹲在桥下，就能听到亡魂们返回山野的声音，那些隐隐约约的“嘚嘚”马蹄声，就是先祖们在月半之夜热热闹闹的证明……我倒不曾印证过奶奶所说的真假，但一个毋庸置疑的事实是，月半烧包的风俗就这样一代又一代在村庄传承了下来。一代又一代，月半复月半，村庄的时间就在这黄纸飘飞与青烟缭绕中绵延下来，村庄的历史，就因为这一别异的色彩打上了自己的烙印。

我想我一定不知道该说些什么。我又能说些什么呢？说它愚昧？说它落后？我想这些都不准确。只是一直隐隐地觉得，当我从村庄亡魂的节日中抽身出来，仿佛就看见一些来自血脉的温情和暖意，像一条绵延不断的河流，在质朴的时光中生生不息地流淌……

水碾坊的寓言

水碾坊位于村庄的东面。水碾坊过去，就是其他村的地段了。

水碾坊旁边，就是经年不息的坝口河。河水流到水碾坊，就被参差错落的河床切割成一层层的瀑布，水势湍急有力。村民们就此因地制宜地在这里开设了水碾坊。听爷爷说，曾经很长的年月，村里每户人家的大米都是在此碾出的。那时常年管理水碾坊的是一罗姓人家，其妻年轻美貌，生就一副好嗓子。因为她的歌声，水碾坊成了村里最热闹的处所。村里的许多人，正是在水碾坊的歌声中不断长大，然后衰老，然后死去。我无缘知道那个歌者的名字，更无缘听到她宛转悠扬的歌声，甚至无缘目睹有关水碾坊的丁点热闹。这让我很是遗憾。实际的情形是，当我能打量水碾坊时，水碾坊已不复存在。除了一截圆弧的石质磨盘和残破的墙壁外，先前的热闹早已湮没为废墟。而最让人为之嘘唏的，则是如今的水碾坊，已成为村庄的墓地。密密麻麻的坟墓，使水碾坊罩上了阴森冷凝的气息。

我不知道是否曾为水碾坊的命运做过叹息。在它从尘世的热闹转为寂灭的过程中，我不知道是否想过时移代易的幻灭和沧桑。但有一点可以确定，在后来我所知道的水碾坊的故事里，却寻到了一些仿佛寓言般的气息，仿佛就窥到了村野生命的某种本质。很多年以来，这种气息就一直安放在我的内心之上。

这种气息来于坟墓，同时也止于坟墓。在坟墓的内外，村野生命的一切显得脆弱而且荒诞。就像坝口河边的一棵芦苇，随时会在风中折断，或者枯零。

在村里，我第一次亲眼目送把肉身葬于水碾坊的是一个姓罗的男人。那时他三十多岁的样子。听说他原本不是村里人，只是因为家境贫寒，遂从另一个村子来到村里当了倒插门女婿。那时我还刚刚看到他端坐在我家的堂屋里跟父亲们一起喝酒吃饭。不曾想几日后的某个深夜，突然传来他因病死亡的消息。后来我得知他当时患的是急性阑尾炎。如果当时把他送去医院，那他就不可能早早地走进水碾坊。事实是，就在他激烈的疼痛中，他妻子却认为是撞上了什么鬼怪，匆忙之间连夜请了阴阳先生前来为之赶鬼驱邪。就在赶鬼驱邪的宝剑还未停止舞动时，他却已闭上了双眼。他的死亡，跟村里很多人的死亡如出一辙。这一直让我为之忧伤。在那些蒙昧落后的年月，许多无辜的生命，就这样匆匆地来，匆匆地去。他们甚至不曾知道自己真正的死因，就作别了尘世，成为水碾坊的一缕孤魂。

我的堂二婶也是在三十岁上下就走进了水碾坊，以一个乡村女人的青春作了村庄蒙昧时光的祭奠。我一直不知道她究竟患的是什么病，只记得她终日躺在床上，终日咳嗽，脸色苍白，及至最后骨瘦如柴。记得她总是从春天一直躺到冬天，又从冬天一直躺到春天。后来她死在冬月的某个早晨。她死的时候，一场罕见的大雪刚好覆盖了整个村庄。人们为此都说是上天的旨意。只是让我感到悲伤的是，在大爷爷看来，堂二婶一定是染上了某种不吉的东西，并一直耿耿于怀。就在把堂二婶送进水碾坊后，大爷爷就把她生前用过的一切衣物器具，包括娘家陪嫁的所有家具，一并做了焚毁，想借此躲避那不吉的邪气。这很是伤了堂二婶娘家的心。堂二婶的娘家也是村里人。因为此事，堂二婶娘家甚至差点就搬离了村庄。好在时间之尘终于覆盖了一切，曾经一切的忧伤，最终都以水碾坊隆起的坟墓而做了终结。在亡魂归来的瞬间，一切的是非，已不再成为人们纠缠的话题。

现在的水碾坊，因为远隔多年，我已无法知道都埋葬了哪些人。只是今年清明回村去，突然间觉得多出了许多陌生的坟墓。他们都是今年、去年、前年，或者更早的一些年月故去的人。他们从村里走过，最终都来到了水碾坊。他们无一例外地都没有墓碑，他们的生卒，他们在村里一切的过往，都已风流云散。他们像一粒尘，最终落在了尘埃之外——他们像某种寓言，让我再次想起了人世代谢的荒芜与苍凉。

我想，这也许就是时间——我们灵魂的旧址。我们从那里来，最终还要回到那里去。只不过，当一切都谢幕后，我们在那里，淡定而又从容。一如宁静的水碾坊。一如宁静的坟墓。

穿过村子的火车

很多年以前，我喜欢一个人坐在村子的某条小路上。头上是正午的太阳和众多蜻蜓翻飞的影子。大地一片岑寂。一边是阳光的灼热透出的荒凉，一边是蜻蜓们演绎的华丽。我一个人静静地坐在这里，没有谁知道我竟然在这里想着一辆火车。在这样的情景里，没有谁知道，总是有一辆火车正穿过我少年的梦境。那些时候，面对贫穷的村子，我总无端地想着远方。我总固执地认为，一辆火车的尽头，就连接着我所希望的远方——包括我的事业、爱情，甚至在等待着我的一幢房子。我甚至想，要是有一辆火车能穿过村子，我一定毫不犹豫地跳上去……那些时候，从一辆火车开始，我少年的梦幻遥远而又真切。我总认为我应该属于远方。

但我终究没有走向远方，没有坐上我梦中的火车。后来我虽然第一个走出村子吃上“皇粮”，但我所考取的师范学校就在邻县。从村子到邻县，根本就没有铁路，没有火车经过。这一直让我遗憾多年。我就记得，当我在安顺城郊第一次看见火车从铁路上飞驰而去的时候，我竟然激动得几乎要掉泪。而这一瞬的感觉，竟然就成了永恒的情结。直到现在，每当我看到飞驰而过的火车时，我仍然会激动不已。少年时代的那个梦想，仍然会在任何偶尔的一瞬让我潸然落泪。

这让我同时想起了我的乡亲们。曾经很多年，对一辆火车的渴望，一直贯穿他们生命的过程。这让我很是难过。因为当我发现在他们心里也跟我一样藏着一个有关火车的秘密时，我所触摸到的已是一种真实的沉重。那时我已师范毕业回到村小教书。那时坐在我教室里的学生还很多，他们都盼望着跟我一样，通过读书端上“铁饭碗”。

那时我依然跟他们说着火车，说着远方，说着我未曾实现的梦想。那时候，火车对他们无疑也是一种诱惑。而就在那时，一起事件的发生，让我知道除我和学生之外，几乎所有村人也藏着一个关于火车的梦想。这让我无限惊愕。那就是，正当我跟学生们沉醉在我的火车以及远方的梦里时，村里的福长大叔跳火车摔死了。这无疑成了村里的一大新闻。因为此前，福长大叔作为村里第一个坐上火车的人，一度成为村人羡慕的对象。我至今没弄清福长大叔跳火车的真实原因，仅是听说被人抢劫时被迫跳下去的。人们对他的死因似乎也不太感兴趣，倒是对他能死在火车上觉得死有所值。这一直就是我为此沉重的缘由。由村人的价值观出发，我似乎触摸到了村人们围绕一辆火车的荒芜的生命。

我不知道福长大叔的死是不是直接的导火绳，总之自从福长大叔死后，先是年轻的，然后就连我的教室里面的学生们，都开始走出了村子，坐上火车成了远方的人。火车对他们再也不仅是一个梦想。火车把他们变成了远方的打工族。在远方，他们有的跟福长大叔一样，用自己卑微的肉身作了远方的祭奠；有的拖着伤残的身体回到村子，然后无奈地继续做着火车以及远方的梦；有的依然来来去去，在火车上成为一只候鸟……只是不知道，火车及远方对他们而言，是否真的如他们所想的一样绽开着绚烂的梦想之花？但我无疑是羞愧的。因为直到现在，我都没有坐过火车。相比他们而言，我仍然停留在那个少年时代的梦影之上——火车以及远方，依然混沌而又迷蒙。

不过我终究还是感到欣慰的。虽然我少年时代的梦想没有实现，但在穿过村子的火车上，我的弟妹们让我看到了希望。先是我的小弟，坐着火车到了重庆的一所大学，然后又是我的小妹，坐着火车到了西安的一所大学。小弟曾一边坐在嘉陵江边吃麻辣火锅，一边用电话跟我说起他关于城市的理想；小妹则一边在古城墙上看日落，一边用短信告诉我她对于繁华过往的叹息与忧伤……他们在远方的诗意，让我看到了一辆火车真切的诱惑。在穿过村子的火车上，我们的希望之花，正悄然绽放。

所以我也一直在做着火车以及远方的梦。多年以来，每当夜晚来临，面对岑寂苍茫的夜色，我总会听到一辆火车呼啸的声音。它从乡村穿过，然后碾过我的内心，然后驶入一片荒芜。我总在睡梦中坐上想象的火车，在遥远的远方寻找一个不曾实现的梦想。我总在梦里醒来，总想寻到一些什么启示——对于村子贫穷落后的叹息？对于生命中一份生动的向往？……然后我总是无法入睡。我其实是迷茫的。只是隐约中似乎明白，一辆穿过村子的火车，紧紧联系着我们美好的希望。不论是对我而言，还是对弟妹们而言，抑或是对村人而言，火车都是命里一份挥之不去的情结——它或许更接近于一种祈祷，或者安慰？

而我忍不住就感激起来。尤其是当我听说曾经梦里的火车真的就要穿过村子时，就像当初看见火车在铁路上飞驰一样，泪水无数次模糊了我的双眼。事实是，当时间进入2009年，计划新修的长沙至昆明的高速铁路已决定从村子穿过，并且还将在这里设一个火车站。这无疑是一个让人振奋的消息。因为此时的村子，众口一词谈论的都是关于火车的话题。所不同的是，现在的村人，几乎都是眉飞色舞，火车再也不是遥不可及的忧伤的话题，家门口的火车让他们感到一种拥有主人身份后的踏实。他们还说起了各自的计划，比如开一个旅店，比如开一个饭馆，比如开一个超市，等等。穿过村子的火车，让他们感觉到一种新生活的到来。他们跃跃欲试。在他们看来，先前的远方就是现今的家门口，先前远方的一切惶惑与失落如今就要得到补偿……我无疑是替他们高兴的。只是不知道，当我们的梦想终于成为伸手可及的现实时，村人们是否会跟我一样，对一辆火车怀着深深的感激？

我不敢苛求他们。因为我知道，就其实质而言，他们心中的火车，跟我心中的火车，并不是完全相同的概念。他们心中的火车，其实仅是对于一份物质的渴求；而我心中的火车，除了物质之外，更多的还是一种精神的向往，尽管那种向往更多地接近缥缈与虚无。我甚至想，当火车真正穿过村子，当穿过村子的火车给他们带来物质上的丰盛之时，也许他们还会忘记曾经的火车之梦。火车对他们而言，终究抵不过一份富足实在的生活。而我一定会记得那个少年时代的梦，在穿过村子的火车上，它终究会让我想起一个村子连同自己的从前、现在与将来，那里记录着我们自己的行程，也有一个时代变迁的印记——也或许，那里更会镌刻着我们对于生命的祝福与感恩。

所以我将期待着，在不远的时候，我在村子里一抬脚，就坐上火车，就走进我不曾走进的远方——我梦想中的荒凉或者华丽。

Zai Nong Li De Tian Kong Xia

在农历的天空下

农历岁月

农历于我，近乎特殊的情结。我的关于村庄的回忆，究其实质而言，亦是属于农历的。在村庄变迁的路上，真正留有我生命印记的，大都属于农历时光。这使得后来我读一个叫苇岸的作家时，对他觉得自己只适宜生活在19世纪农耕文明里的说法深有同感。农历的部分，农耕文明质朴的一面，一样让我留念。尽管我并不像他认为生活在20(或21)世纪是个错误，但对真正属于农历的时间，的确让我挥之不去。

那些年月，整个村庄几乎没有一块手表或挂钟。村庄的时间概念主要源于二十四节气。比如清明一到，就知道路旁的阎王刺要开花，春天也就真正来临；比如谷雨到时，就知道该播种了；比如立秋到了，就知道该储备力量，做好收割谷物的准备；比如立冬开始，就知道要做好一冬三个月的藏储，以打发那漫长雪天的时光。年年如斯，恒久不变。就连每个人的出生年月，也以农历计。我就是这样的，档案上的12月24日，实际上是我农历的出生日期。至于公历，父母是无法知道的。而我现在简历中常写的1月27日，则是后来在万年历里查来的。我亦常常会跟母亲发生争执，母亲说应依农历，说公历不准。我明白母亲心思。在她看来，人的生命，总能从农历中寻到遥远神秘的对应。换言之，只有农历的刻度，才是生命的刻度。这不是母亲的诳言。因为每年农历十二月二十四日，母亲照例会给我煮上两个鸡蛋，并默默替我祈祷健康平安。母亲认为，只有这天的祈祷，才能呼应神灵的庇护。即使在我远离村庄的这些年月，亦不例外。在母亲的世界里，只有农历的生命，至亲至纯。

在乡亲们眼里，农历的概念亦贯穿了他们岁月的全部。在二十四节气的循环里，他们所能感知的是春种、夏耕、秋收、冬藏的轮回。一个轮回所衍生的稼穑沧桑，就是一生的行程。在泥土和鸟语的芬芳里，他们就像朝拜者，在近乎“三步一身”的等身长头里，默默地走过四季。这让我后来读一些古诗时特别激动。当我读到如“鱼戏莲叶东，鱼戏莲叶西，鱼戏莲叶南，鱼戏莲叶北”、“采采茯苡，薄言采之；采采茯苡，薄言掇之”的句子时，忍不住就会把诗歌里的意象跟乡亲们的农历场景联系起来。在一份诗意的底下，那份纯朴和美好，让我温馨不已。

而我必须提到他。在曾经的农历岁月里，我始终相信，他是一种标志性的存在。作为庄稼的“好把式”（即种庄稼的能手），在村庄，他曾经获取了至高无上的尊敬。他生命的荣光，真切地见证了农历岁月的尊崇。他叫曾光权。还很小时，我就不断听到父亲们在不同场合提到他的名字。从父亲们的谈话里，我知道曾光权对于农事一道，无所不知，无所不晓。尤其是他对于土地和庄稼的态度，虔诚之情堪称楷模。也因了这样的原因，在村庄，他一直是人们公认的领头人，对农事的敬畏延伸到生活中，无论是谁家遇着大行小事，都需要他主持。只是预料不到的是（有谁又能预料得到呢），后来，在打工潮流的席卷下，乡亲们都远离了土地和四季，他作为庄稼的“好把式”，在人们的不屑一顾里，不经意间就成了一个时代终结的最后意象。这让我总会生出一些莫名的怅惘来。只是不知道，在那怅惘里，是否也隐藏着时代变迁下的怀念与疼痛。

一只布谷

一般是清晨，前夜刚落了雨，雨不是很大，却在地块间留下极为滋润的湿痕。树木的绿色更加明显，生命的那一缕生动仿佛向外凸着。空气中浮着一层薄薄的清香味——泥土和野草混合的，以及一堆湿热牛粪的原味。偶尔的一只蜜蜂迫不及待在晨露里企图追赶花事。太阳就在这时越过所有树梢。它简单，明快，流动的线条构成春天质朴的色彩。在这样的背景下，布谷开始啼鸣，从远处幽深的山谷起，一直穿过村庄和山野。像传说中的信使，它无限清幽、寂然，并明显带了忧郁。它的到来，让整个山野愈加透明沉静的同时，却也多了份隐约的惘然。

母亲就爱在此时说起它的名字：布谷。母亲并不懂得有关它的传说，及一切传说的悲情。但母亲知道，作为报春鸟，布谷是季节的另一种名词和语言。母亲总爱屏足了气息，叫我掏空耳朵仔细听，母亲说：“你听——栽早苞谷——栽早苞谷——”母亲接着说，“季节终于到了……”我常是惶惑的。我总被母亲凝重的表情所感染。

我约略地懂得，它与庄稼有关。单是它的名字，就容易让人想起谷物一样的意象。那些谷物的影子，粗糙的肌肤，总让我想起诸多亲切的词汇。它跟谷物一样，属于大地上生长的事物。而母亲同样与庄稼有关。作为农人，母亲的一生，为庄稼而生，为庄稼而息。生息之间，便是四季。所以我懂得母亲，当她说起布谷时，她是激动的，也是忧郁的。布谷的到来，如同农事的开端，一定让她在四季的过程里欢欣或失落。

那些年月，一株庄稼的枯荣，总系着母亲的得失。母亲常常告诫我们，对于庄稼，你哄它一时，它就要哄你一季。意即如果不精心侍弄，它将以荒年回报。所以母亲总是很小心，当布谷开始啼鸣，她就要从楼上取出年前准备好的玉米种，精选出来的颗粒，饱满光亮。母亲不断用手摩挲，用目光摩挲。我则站在一旁，看母亲仔细筛捡其中的灰尘，并挑出那些略微瘪凹的玉米。母亲总是一丝不苟。我那时并不懂得这些细节与布谷间的联系，不懂得“季节到了”对于母亲的意义，但我猜想，当布谷作为一种物候，一种内心的时序，让她在端详一颗玉米中感到踏实和温暖时，她一定就感到了行走在大地上的幸福和憧憬。

母亲就是这样的。对于布谷的啼鸣，总是很在意。母亲有一句最直观简易的话：该播种时就要播种，该收割时就要收割。母亲最不容许的，就是错过不该错过的季节。母亲就爱嘲笑我干爹一家。我干爹在山东某厂上班，干妈在家务农。但长期以来，因为有着一份固定且不低的工资收入，他们对一株庄稼的好坏并不在乎。对于布谷的啼鸣，似乎也不是心上的事。他们家的农活，总要慢村人半拍，甚至一拍，有时索性就丢了荒。这对他们家而言，并不重要。但在母亲看来，却是对季节的不敬，甚或叛逆行为。所以母亲总是嘲笑这种懒散和随意，并以此作为反面教材不断校正我们对于农事的态度。现在想来，这其实就是我们关于生命话题最初的启蒙。应该说，后来，我时时怀着对于时序和季节的敬畏，怀着对于既定秩序的尊崇，正缘于母亲潜移默化的影响。

而还需一提的是，很多年后，当我彻底走出农历的村庄，在所谓公历的规则里，在钢筋和水泥的丛林里一次次错过四季，我就会无比怀念报春的布谷。耳畔就会再次传来那清幽、寂然的声音——“栽早苞谷——栽早苞谷——”

像一种天籁，让我冬眠的内心苏醒过来。

最初的谚语

在农历的村庄行走，谚语跟物候和时序一样，作为村人认识自然的一种标志，似乎也应成为时间的某种刻度。

农历的村庄，似乎一片盲谷。一切的文明，包括时间的运行轮转，似乎都像那些未曾有人涉足的植被，覆盖于幽深渺远的岁月。一切都像深山流淌的清泉，永居于世外。就像睡着的一处河床，一块被时间风雨浸润的石头，在流水的肌肤里，做那恒久的梦。一切正如春江、花与月夜的幽恍迷离，所有的来路、去途，皆逃不出混沌时空的重重围困。就在这样的时态之下，谚语应时而生。曾经很多年，谚语就在这样的环境下，成为村人行走的主要标识。

在农历的村庄，最初进入每一个生命成长旅程的，就是谚语。就像入学时的第一个拼音或字符，作为认识的启蒙和上路的开端，必须掌握。我就记得，我在村庄的成长，就是从谚语开始的。

那是一个入秋的季节，我跟母亲被一场突然的大雨压缩在腾龙寺的一块岩石下。那是午后，零乱的秋风一阵紧似一阵，玉米叶随风晃动，最后横七竖八地裹在玉米秆上，那些矮小的原本散乱的豆叶，此时纷纷向着大地匍匐而去。风挟裹着泥土的黏稠味，还有伏天遗留的燥热，一起逼向我们的额头。整个山野一片狼藉。我不断问母亲：“这雨会不会停下来？”我担心这场大雨会阻断我们回家的路。

母亲不说话。只是不断抬起头来，目光穿过厚厚的雨帘，不断辨识移动的云层。稍后，母亲说："不用怕，这只是过云雨，一会就随风吹去了。"后来的事实证实了母亲的判断。正是从此时起，我就知道了所谓谚语的神秘——母亲对我说："云跑东，雨落空；云跑西，披蓑衣；云跑南，雨成团；云跑北，好晒麦……"母亲又说，"刚才这阵雨，是从南边的云团来的，现在的云，已往东边移去，雨也就落空了……"

这就是我所认识的谚语的开始。稍后，我还知道了很多。比如"朝霞不出门，晚霞行千里"；比如"有雨坡戴帽，无雨雾满天"；比如"一九二九，怀中揣手；三九四九，冻死猪狗；五九六九，隔河看柳；七九河开，八九燕归来"。从这些谚语开始，我为自己独立在村庄行走找到了最早的依凭。它作为一种常识，正如生命旅途必需的行囊，当我能准确地做出判断时，母亲也就放心我在山野间的脚步了。而许多年后，每当忆及这个细节，我就会涌起无限温暖，作为一种生存的智慧甚或技能，谚语的存在，一定程度记载了村庄的历史——那些混沌的，甚或蒙昧的时间，原是靠了这朴素和简约的方式，靠了这质朴的光所照亮！

现在，村庄的历史，早已超出了谚语时代。除小学课本依然一年年程式化提到谚语外，早已没有任何一个母亲，再把谚语作为孩子的启蒙。谚语之于村庄，之于我们的生命，早成为丢失并遗弃的符号。现在的村庄，在文明的吹拂下，所谓的盲谷、河床、石头及流水肌肤里恒久的梦，所谓春江、花与月夜的传说，早成遗迹，抑或怀念中的失落和慰藉。于是，我往往就有了一份惘然。就想，那些最初的谚语，在成为时间灰烬的同时，是否有着记录和呈现的属性呢？

Xiang Cun Su Yu

乡村俗语

我们原本是吃灰尘长大的

“怕什么呢？我们原本是吃灰尘长大的。”——在村里，每当人们从火塘里拿出烤熟了的食物，一边拍打着上面的灰尘一边总这样说。说者说得随意自然，听者也听得顺畅亲切。从没有谁怀疑过人们与灰尘间的距离。灰尘与生命，始终不离不弃，如影随形。

“怕什么呢？我们原本是吃灰尘长大的。”——当人们这样说起时，并没有自轻自贱的意思。在村人看来，从生命诞生的那天起，就注定离不开灰尘，及至长大，直至最后死去，每一个生命从灰尘起，至灰尘终。灰尘成就了人们的一切。

“怕什么呢？我们原本是吃灰尘长大的。”——说着这话时，人们显得是那样的安稳和踏实。对于灰尘，这种能有损健康的东西，人们的胃囊并不排斥它的进入，并不觉得这是有害的物质，相反总有一种舒坦贯穿其间。这样的细节甚至构成了村庄的日常，勾勒了村庄的生命常态。

“怕什么呢？我们原本是吃灰尘长大的。”——在村里，在这样的俗语中，你看到的，几乎都是与灰尘紧密相连的村人。他们在灰尘中耕作，在灰尘中行走，在灰尘中歇息。他们总是一身尘埃，蓬头垢面，但他们从没觉得任何的不适。与灰尘为伴，他们显得是那样从容，甚至优雅。

“怕什么呢？我们原本是吃灰尘长大的。”——我不知道是否曾为此忧伤过。但可以确定的是，多年后，当我不断想起这话时，涌起的只剩下感动。我知道，此话背后，是人们纯朴简约的生命追求，是一种境界，一定程度上揭示了乡村生命的某种特质，让人感到内心的纯净与闲适。

于是我就想， 这该成为我全部的欣慰了。于是在多年后，面对尘世的宠辱得失，我总会一次次默念：“怕什么呢？我们原本是吃灰尘长大的。”——总认为，在这样的俗语下，我早已学会了宁静与淡泊。在现实的浮躁和喧嚣里，我完全可以做一个心空之人。

搭伙过日子

“搭伙过日子”——在村里，每当哪家夫妻闹别扭时，前来劝和的村人就会说着这样的话。村人们总是说：“有什么值得吵的呢？人生不过就是搭伙过日子而已。”如果谁家提到了离婚的事，村人则又会说：“为什么要这样呢？人生不过就是搭伙过日子而已，一晃几十年就过去了。”

“搭伙过日子”——在村人看来，这就是人与人之间生活与生存的关系。在村里，经常会有夫妻吵架，甚至大打出手，但几乎到最后都和好如初，几乎到最后，吵架的夫妻都会说：“算喽，人生不过就是搭伙过日子……”于是日子还是原来的日子，夫妻还是原来的夫妻，照样跟原来一样干活，一样吃饭，一样睡觉，仿佛什么也没发生过。

“搭伙过日子”——曾经很多年，这句话一直成为维护夫妻关系的纽带。通常是，在某个闲暇的午后，几个闲聊的女人之间，总会有人问：“听说你家那口子对你不好，咋回事呵？”被问的女人也就说：“管他喽，人生不过就是搭伙过日子而已，跟谁过还不都一样？”问话的女人也就跟着说：“是嘞，是嘞，就是搭伙过日子。”在这里，“搭伙过日子”甚至成了一种爱情观。应该说，很多岁月里，正是这一观点支撑了村人过日子的信念。不论是富裕的人家，还是贫穷的人家，都和和美美地走了下来。从来没有谁家，因为生活与日子的艰难而离异过。

“搭伙过日子”——在村人看来，它就是这样的贴近心灵，让人释怀。生活中的艰辛磨难也好，感情中的纠葛也好，相比一份实在的日子而言，其实都无关紧要。在村人看来，“搭伙过日子”原本就是一份美好，甚至是一份幸福。它可以遮蔽一切生活的风雨，让人们忘记一切的幸与不幸，让村人的岁月平静安稳。

“搭伙过日子”——它就这样，像一种潜移默化的内心秩序，仿佛一种无言的训导，让日子更像日子，让生命感受生命的一份温润与踏实。

人生不就图个热闹吗

“人生不就图个热闹吗？”——在村里，每当年节或是喜庆之时，人们总要这样问别人或者问自己。人们总要说：“人生不就图个热闹吗？热闹一回算一回。”话虽然说得有些消极，实际上却也反衬出内心热情的一面。

“人生不就图个热闹吗？”——在村人看来，且不管生命的底色如何，向往热闹，这是生命的一种需求。正因此，村人们总会在平静的生活中努力弄出些热闹来。比如结婚时，村人们总要倾其所有，摆上几天酒席，约了四邻八寨的乡亲前来庆贺。被贺者和贺者都会说：“不管有吃无吃，一个人一生就这么一次，好好图个热闹嘞。”比如逢年过节，或是想办法买了好吃的，或是给娃儿们换上新衣时，就对着别人或兀自地说：“管他喽，人生不就图个热闹吗？哄个娃儿高兴嘞。”甚至是老人过世时，虽然办不起隆重的葬礼，却一定要请到四邻八寨的乡亲前来唱孝歌。孝歌整夜整夜地唱，主家或者歌者都会说：“不管有钱无钱，亡人就死这一回嘞，就热热闹闹地送送亡人吧。”

“人生不就图个热闹吗？”——按照村人的理解，人们辛苦一世，匆匆地来，匆匆地去，热闹一回，有何不可呢？“一世的汉子玩不起，一时的汉子还玩不起吗？”尽管没钱，一时的热闹却是必需的。除了对一份热闹的向往外，其实还关乎面子，甚至关乎尊严问题。这似乎还成了人们的信条——平时的日子可以清苦，自己的艰难可以悄悄埋藏，但关乎脸面和尊严的热闹，却是要紧紧抓住的。

“人生不就图个热闹吗？”——话虽说得轻松，但另一方面，正因了这份热闹，村人为此演绎了许多悲欣交集的故事。比如借钱给儿女操办婚事，比如借钱安葬老人，比如借钱给亲戚或是乡亲们送礼。热闹是热闹了，热闹之后，却是日子的紧巴与亏空。许多村人的一生，就在这样的循环里走过。只是让我感到安慰的是，从没有谁为此埋怨和后悔。相反，当他们经历了应有的热闹后，就会无比欣慰地说:“我这一生,完成了应该完成的事,可以放心地走了……”他们并不会因为生活的窘迫而对热闹心生厌恶。热闹于他们而言,已经是一种责任,甚或一种价值。

“人生不就图个热闹吗?”——是的,人生就这么点事,该抓住的,绝不放下。该热闹的时候,就热闹一回。——现在看来,我倒也对这看似消极,实则充满生命热度的俗语生出几分喜欢了。

人最终都要走这条路嘞

“人最终都要走这条路嘞”——在村里,每当老人辞世时,人们就要说上这句话。面对丧家的悲戚,人们总要安慰说:“别伤心了,人最终都要走这条路嘞……”村人们就这样,你家老人过世时我安慰你,我家老人过世时你安慰我。安慰的话一样,安慰的口气也一样。

“人最终都要走这条路嘞。”——在安慰别人或接受别人安慰时,村人们都会说:“是嘞,人最终都要走这条路嘞。”言下之意,每个人都懂得这是个体生命最终的归属。但实际上,除寿终正寝的老人外,若是安慰那些早夭的丧家时,村人们虽这样说,但其实心却是怯怯的——“人最终都要走这条路嘞。”村人们都知道这仅是一种不切实的安慰,于事无补。但村人们还是要说——“人最终都要走这条路嘞”,那意思是说,早夭或者晚亡,不过是时间不同而已,其结果都一样。“人最终都要走这条路嘞”,又何必为此伤悲呢?

“人最终都要走这条路嘞。”——是的,热闹也好,寂寞也罢,从村里走过,所有的生命最终都要走到这条路上。看得开也好,放不下也罢,每个人都要这样走过。一条路就是一生。所以当村人们这样说起时，不管怎样，这话终究成了一种安慰。无论是早夭还是寿终正寝的丧家，也就多了一份坦然、一份随意，少了一份挂怀。我甚至曾为此涌起深深的感激。私下想，或许正是这一份安慰，让村人获取了面对死亡和生活的勇气。也或许，正是这份超然和淡然，让村人的生命获得了某种圆满。

但村人是否理解这层意义呢？“人最终都要走这条路嘞。”——当他们这样说着别人，直至别人最后这样说起他们时，是否知道一句普通的俗语，其实就是通往他们生活与尘世的入口——一种世俗的哲学，一直贯穿他们生命的全过程？我不敢确定，只是相信，人们必将继续这样说：“人最终都要走这条路嘞。”在这条路上，一个村庄的时光，不经意地就走完了嬗变的路途，就有了时移和代易的温暖或者沧桑。

第二辑

草木精神

Xiang Cun Wu Shi

乡村物事

虚构的风物

毫无疑问，我曾期待着村庄的风物。比如期待着能有一些在历史上比较响亮的地名或河流；期待着能有那么一个有着响亮名字的人，曾经从这里走过；期待着那些丰厚的文化蕴藏，能把村庄普通的日子镀上不寻常的光芒和质地。

但我失望了。这里仅是贵州高原上一个普普通通的村庄。这里不曾有名山大川、古寺古塔，亦不曾有那么一条官道。这里的山水，每一寸土地，都极度平常。日头和风雨所及处，丝毫寻不出我所能有的期待。称得上风物的，或许就是那么一些零碎景致。但正是这些景致，也让我生出无比温馨的情愫来。

比如瀑布。在村子的出口处，分布着两条河流。一条的源头是白蜡田，流经杨柳田后，平缓的河道开始变得峻急，在磨角山下，一堵长约百米、宽五十米、约四十五度斜角的石壁突兀着，流水也开始迅疾起来，用了俯冲的姿势，在这里飞珠溅玉。若是涨水季节，猛增的水流，还裹挟了泥黄的颜色，如雷的吼声，倒也有铺天盖地的气势。远望去，十里水帘的瀑布盛景，让你感叹自然美的无处不在。另一条则起源于坝口，走完平缓的田块后，就进入了水碾坊地段。至此，每隔几米，便有一道石壁出现，层层相连，其整饬有序宛然人工笔下的巧妙构思，酷似斧凿痕迹。流水从上面倾泻下来，仿佛阳光下散开的窗帘，灵动诗意。它是狭小的，但一级级的水帘连起来，就有了很深的层次感，也多了几分幽深妩媚，像是被时间与岁月遗弃的妙龄村姑，兀自在山野里生长或零落。

除瀑布外，能算得上风物的，就只有腾龙寺了。腾龙寺位于月亮山与大坡之间。作为村庄唯一有点历史和文化厚度的风物，它的过去和现在，无疑能燃起我向往和诱惑的火焰。我是在某个阳光朗照的午后爬上腾龙寺的。我到时，跟村庄的时间一样，腾龙寺的香火已经历了几世几劫。除了那只依然静卧于荒草丛里的石狮，除了那些完整的石阶外，曾经的宝殿与禅房、木鱼与诵经声，曾经的香客与烟火，早被午后的太阳隐藏在了荒草深处。热闹早已零落成泥。除了那些不断飞过山冈的蜻蜓，我什么也没看见。时间在这里已成为久远的秘密，时间已不容许我有任何妄想。一只蜻蜓的飞翔，仿佛时间遗弃的偈语，除沧桑外，一切皆隐秘无形。倒是后来听母亲说，我小时候一直学不会说话，直到5岁那年，母亲带着我在腾龙寺干活，一个下乡知青不断逗我，我涨红了脖子，在激烈的紧张后，终于喊出了平生第一句话：“爸爸。”知青们倒不以为然。只是母亲当即就跪了下去，并认定是腾龙寺的菩萨显灵保佑，才没让我成为哑巴。此后，在母亲眼里，腾龙寺就成了我生命的庇护神，并嘱我用心，对其做一生的敬仰和祭奠。

此外，我还曾用心寻觅过的风物，是一个神秘的所在。它叫千秋榜。我最初听说这名字时非常兴奋，私下想这应该是村庄众多名字中最为响亮的了，它具有必要的诗意和历史厚度。但我终究还是失望了。就是这唯一能激发我对于村庄铿锵之气怀想的地名，实际上也是乌有的。实际的情形是，从爷爷的爷爷开始，就没有谁能指出千秋榜所在的具体方向和位置了。更没有谁知道，在一份诗意和厚度下，是否潜藏着一段让人振奋或叹息的秘密，是否能让村庄的日常镀上不寻常的光芒和质地，是否能让我的遗憾稍稍获得某种弥补。总之是没有谁可以考证了。于是只能想，或许这确乎是个真实的遗迹，或索性就是杜撰的地名，但不管怎样，它的流传至今，至少折射了村人的某种期待——对于千秋岁月的某种记忆或见证，抑或，对于质朴生命之外、泥土之外的追寻和向往。

那么，在虚构或真实的风物上，我也算窥到村庄日常的些许秘密了。

水麻柳与何首乌

水麻柳与何首乌，它们仅是村庄众多植物中的两种。跟众多植物一样，它们依附于山野的某个角落，连片而生抑或独自繁衍，都透着寂静的气息。它们是普通的，但作为日常的构成部分，一度融入了我们的生活。

比如它们的名字，我就觉得非常亲切。在村庄，每一处地块，每一座山坡，甚至每一株植物，村人总能有一个与之相对应的名字，并总能贴近它们的形或神。再加那带了泥味的声音喊出来，也就多了几分贴近心魂的气味。就拿水麻柳为例，单从名字看，就与水有关，总让人想起一幅傍水而居的温馨画面来。

不过，我提起它们，倒不是因为名字，而是在村庄的日子里，作为植物之外，它们还有着明显的另外属性——作为药物的功能。它们曾因为与生命的气息紧密相关而显得无限神秘。

那些年月，总有怀孕的妇女们遇着大流血，亦总有因此而不能生育的妇女。于村庄而言，这是关系死生的大事。亦可以说，它关系着一个村庄、一个家族的繁衍生息。它曾一定程度让村人觉得生命的脆弱。那些时候，面对缺医少药的历史条件，一场意外的疾病，往往就能改变一个人甚或一个家族的命运。村人们为此是惶惑的。于是，作为药物的植物们，就这样承载了村人的希望，走进了村人的生活。而水麻柳，作为能治愈妇女大流血的药物，则一直是以传说的形式存在的。

懂得医治妇女大流血的，是一杨姓男人。不论是谁家遇上了，只要找到他，他都会爽快地把药寻来，并用了特有的方式，让患者吞服下去，也总能药到病除。他是爽直和善良的，从不收取患者一分钱。但他更是神秘的，每当有人试图探取这药名，他总是想法遮掩，说这是祖传的秘方，虽可济救病人，但依了祖训，却不能公开。只是后来，有那么几个稍稍懂得药道的草医，偷偷从那药的性味功能分析，遂得出是水麻柳的判断。从此，水麻柳能治大流血的传说，也就在村庄传播开来。但传播归传播，后来有患了此疾的，亦不敢冒那尝试的危险，仍旧找了那杨姓男人。所以关于水麻柳的传说，亦只是一个传说。只是在流动的时光中，那一份神秘，倒也日渐深重悠远。

至于何首乌，则直接与我的身体紧密相连。那些在我身体里不断生长不断枯萎的希望，事隔多年后仍会让我无限酸楚。

就在那年，当我的肾脏出了问题后，稍通医道的大爷爷就说："只有找到并蒂而生并已长成人形的何首乌，才能治好你的病。"我为此几乎走遍了所有的山野，翻遍了所有的何首乌藤蔓，但我终是失望了。我从来就没找到这种何首乌。于是，它像千年修炼的药妖，一直让我觉得神秘不已，而我也就更加笃信大爷爷的缘分之说——大爷爷总是说："药医有缘人，要得到这种何首乌，需要时间和缘分……"我那时是灰心和失望的，我不知道在我既定的缘里，是否会有这样的奇遇。但我依然一次又一次企图在某个偶然的瞬间与长成人形的何首乌相遇……

而我也就懂得，生命中偶然的相遇，有时就能成为一生的刻度。而我也就学会了珍惜，对那些后来日子中偶然或必然的相遇，总是满怀感激，满怀对于生命芬芳的无限留念。

泥土的乳名

很多年，我一直记不住他们的学名。

在农历的村庄，从生到死，学名似乎与每个人并不相关。倒是那些乳名，永远伴随一生。那些乳名，全都沾了泥土味，风里雨里，时间之中，率真而又朴实，就像日常的香火，很能贴近人心。

比如葫芦。在他出生时，他父亲刚好从地里摘了葫芦回来，这个名词就成了他一生的代号。比如冬狗，因为出生在冬天，父母希望他能像家中的狗一样健康乖巧，于是就取了这名字。比如小棒，出生时父亲刚好从山上找回一根用作牛鞭的红子刺，也就近和随便叫了。比如斑鸠、八哥、猫儿、小马、小牛、老虎、老熊，甚至如豺狗之类，自然中的一切事物，皆可作为名字。而且总是重复，一个自然村寨总会有很多个小马小牛之类的。而奇就奇在，从来没有任何一个人会把他们混淆。虽然人们在说起他们时，并没有用什么特别的符号具体分辨出来，听众却总能从你所说的语气知道你说的是此小马小牛，而非彼小马小牛，这种相融而又相互区别的色彩，一度成为村庄别异的景致。

很多年来，在没字典和书本词汇作依据的年月里，每个人的乳名，就这样紧紧依附于自然中的物事，在相似却不相同的秩序里，生生不息。

这自然与他们的文化程度有关，甚或是不文明的体现。生活在这些乳名中间，我却从没觉得有任何不妥之处。当我或村人喊着他们时，并不觉得有什么别扭和阻隔之类，反倒是那些亲切的情愫，仿佛跟了泥土，进入我们的心扉，让我们感受来自集体的一份温暖和踏实。曾经很多年，我就在这些自然的名字里，在山野的质朴和温馨中慢慢长大，并慢慢培育了诚恳而简单的秉性。

那些时候，无论是在村里，还是在山野间，你都会听到有些野突突的，却带了亲切的呼喊："小——马——小——牛——"喊声此起彼伏，通过四围高山的回音逼过来，便多了一份空旷和幽深。我曾经很迷恋那样的氛围。我就曾经站在一抹夕阳中，一边看鸟雀归巢的盛景，一边仔细倾听那回音。有偶尔的一刻，我竟然把它跟遍地生长的民歌联系起来，并在很多年后想起它与村庄生命的某种联系——也许曾经的村庄，也就因了这些泥土的乳名而生动，而更贴近心灵？

但现在，如同时间一样，世上的一切都流动不居。在时间的重围里，在我们的下一代，这些曾经与村庄紧密相连的泥土的乳名，已销声匿迹了。现在，随着电视机的普及，所谓的现代文明，已成铺天盖地的席卷之势。文明已彻底颠覆了村人们曾有的生活秩序，包括给孩子取名。事实是，现在，电视里那些演员或那些男女主角的名字，已逐渐成了每个新生小孩的名字。现在回村去，总能听到许多在屏幕上听来的名字，比如紫薇、文强、尔康、家威等。至于那些泥土的乳名，早已跟农历岁月里许多消逝的物事一样消失了。我想我应该是高兴的，毕竟在文明的拂照下，我的村庄也嗅到了进步的气息。那气息，是希望，是通向美好的路途。但我也分明觉得了些许的惘然，觉得总有一种怀念，正在我的内心不断生长，并迅速蔓延。

于是决定，在某个时候，一定再回村去，再野突突地喊上他们一声，再喊上一次，生长在泥土上的那些乳名，那些亲切的乳名。

老阴潭

穿过那片红薯地，便是老阴潭。潭水终年泛着死的绿色，幽幽的光，让人不寒而栗。它总是静静的，仿佛躲在那里，也就有了不知今夕何夕的味道。一种地老天荒的恒久与悠远，让它无限迷离起来。

不过我要说的老阴潭，却是一个泛指的地名，也即这个深潭周围的岩石群。这是位于村子西北面的一处所在。因为远离村庄的缘故，复因层层叠叠的岩石遍布，没有任何一粒泥土，也就没有任何可以耕作的可能，再加了那深潭冷异之光芒，使这里几近成为人迹罕至的地方。

不过偶尔也有人来的。比如谁家未满5岁的小孩夭亡时，人们就会抱着那幼小的尸体，用竹席或麻布裹了，到这里来丢弃。也有那么一两家，因了对孩子的不忍，直接用了崭新的小被子之类裹着。有时远远望去，还能看见被子在岩石里的鲜艳，极像花朵的样子，闪着别样的色彩。

但我是不敢去这地方的。特别是看见堂三叔抱着红色被子穿过红薯地后，那个地方的恐怖，在我心里与日俱增。堂三叔这次抱上的孩子，是他第三个，还是第四个孩子，其时我已忘记。但我知道，他接连生了几个孩子，但等不到满月，就都死了。死时的情形都很一致，这让堂三叔怀疑是撞上了鬼怪之类的东西，于是就请了阴阳先生来查找原因。阴阳先生后来给他出了个极其残忍的方法，说是再生的婴儿死亡，就在死亡后的第一时间，用斧头把婴儿身上的经脉全部砍断，以后生育的孩子就能存活。现在的这个孩子，就是被堂三叔弄断了经脉的……我无数次想过这个无辜婴儿血淋淋的尸体，无数次想象当堂三叔手起刀落时的疼痛。一直到很多年后，这样的疼痛依然会刺着我的肌肤和灵魂。

及至年长，我终于随着人们去了老阴潭。那是某年夏天，在老杨叔叔6岁的儿子失踪后的第三个月，在老杨叔叔从外省打工回来的某天，在他的邀请下，所有村人走遍整个山野，帮他寻找失踪的儿子，但毫无所获。后来有人想到了老阴潭。当人们走进老阴潭时，果然看见他儿子悬站于潭边的湿地上，整个肉体已经腐烂，刚与木棒接触的瞬间，就全部脱落下去……

我后来就一直不能释怀。老阴潭从此就与死亡成为对等的名词，一直在我心上放着。只是偶尔会想，在那些幼小生命消失的地方，在层层叠叠的岩石上，是否曾开出一些水灵的花朵，照亮那些脆弱生命的行程，照亮他们穿过年年荣枯的红薯地？

我想一定会有的。我唯愿那些花朵，永安他们哀怨的魂灵！

Dao Zi Shang De Xiang Cun Shi Guang

稻子上的乡村时光

我总会梦见一株稻子：它就长在乡村的怀抱里，头顶是斑斓的星空，四周蛙声如鼓，一条汩汩的小河在身边不知今夕何夕地流淌，泥土和风不断亲吻它的肌肤，就像情人之间的爱抚，亦像一份地老天荒的相守。

很多个夜晚，我都会跟着父亲，枕着这样的一株稻子入眠。夜是寂静的，寂静得我能听到天籁般的窃窃私语——石头、野草、虫子它们，就像一些精灵，不断从地底下探出头来，温柔地对着稻子低语。我天真地想，作为一株稻子，它是幸福的，一株稻子，近似众生眷顾的神祇。

在这样的梦境里，我恍惚也是一株稻子了——至少，我觉得在我的身体里，有一株稻子，正在那里生长拔节。

一株稻子，当它从泥土中探出头来，我们的牵挂，就在那里放着了。

几乎每天，我们都要朝着一株稻子跑：看看稻子是不是又长高了；田水是深了或是浅了；太阳和风雨，是跟稻子亲近或变脸了？我们总怕稻子们遭受任何委屈，每天都要跑上很多次，比起热恋中的男女，我们对一株稻子的难舍，有过之而无不及。

那时候，一株稻子，它所牵动的，是一个乡村的所有神经。

所有的村人，每天都在围着一株稻子转，直到稻花香了又香，那转圈的人仍然乐此不疲。只是他们并不会觉察，转着转着就有人老了，时光也悄没声息地走远了。一株稻子，它所见证的，是生命与时光相互消耗的过程。

在这样的消耗中，我一不小心也跟着长成了大人，并一次又一次目送很多人随稻子而逝，其中就有我的爷爷、奶奶，他们从一株稻子的身旁转过去，就不见了。我们所能看见的，只有一株株稻子，年复一年地长在乡村的土地上。

一个人呱呱落地了，稻香就通过母乳，进入他或她的身体，仿佛在前世，一缕稻香就在那里等着他或她了。继而，他或她开始稻里来，稻里去。到最后，他或她自己也长成了一株稻子，恍惚之间，竟然分不清是稻子住进了自己的身体，还是自己住进了稻子的身体。

或许还可以这样说：在乡村，每个人的前生都是一株稻子；每一株稻子的前生，也都是我们自己。

在这样的背景下，如果你不将自己视为一株稻子，如果你不能在一株稻子上安身立命，你就一定会遭到人们的鄙视。村人们都会骂你不务正业，说你败家子。譬如那些游手好闲的，譬如那些偷鸡摸狗的，因为无法安心于一株稻子之上，所以往往名列其中。

这样的人，到最后还会被乡村所抛弃。一个最明显的例子是：

他们中，因为姑娘们觉得不可靠，所以总有娶不到妻子的，他们先是满不在乎，到最后就慌了神就后悔，但终于无可挽回了；偶尔有娶妻的，也因为对一株稻子的认识的分歧，夫妻间不断地争吵，到打架，一直到离异……

到此，一株稻子在乡村的位置，越发显得不可替代了。

我的父亲就不止一次指着一株稻子训诫我。在父亲心中，一株稻子的生活，就是我一生的生活。从下种、插秧，一直到收割，每一个程序，父亲都忘不了要带上我，他不能让我做一个不懂得稻子的人。

从布谷开始啼鸣的春季，一直到金黄布满田野的秋日，几乎每个早晨，我都会被父亲催促着从床上一骨碌爬下来，有时来不及洗脸，带上必要的农具就往田里跑。我也曾因此对父亲怀着深深的不满，但多年后才发现，父亲之所以逮着我不放，其实正是缘于对我的担心，他怕我不小心成了被乡村抛弃的人。

不独父亲如此，几乎所有的乡村父亲，都怀着这样一份担心。

在一份担心下，你往往就会看到，一个孩子，当他刚刚长到犁耙一样高，父亲们就迫不及待地指导他学习耕种了。如果那孩子一开始就学得像模像样，做父亲的就会喜笑颜开，一逢人就夸奖孩子，除了自豪外，还有几分显摆的味道；反之，如果孩子学得不好，做父亲的脸上便免不了愁云遍布，越看孩子越觉得没劲，有的还会叹息，总觉得养了个没出息的娃……

一株稻子上的梦，从一开始，就紧紧地系着一个乡村的阴晴圆缺。

在乡村，作为一个懂得稻子的人，是备受尊崇的。

譬如什么时候下种最好？什么样的泥需要什么样的肥？泥土要

翻到什么深度最为适合？什么深度的水最适合稻子生长？什么颜色的稻子一定是患了什么病？等等。如果你能说出这些，在乡村，你就是一个了不起的人了。

这样的人在乡村有着举足轻重的作用，不论是谁家有红白喜事，都必定要请他出面主持。譬如老人过世了，新房落成了，儿子娶媳妇了，女儿嫁人了，甚至是谁家婆媳吵架了，邻里之间扯皮了，都必定要请他出面——在村人们看来，一个懂得稻子的人，也一定是懂得人间道理的，更是值得信服的。

一株稻子，延伸到生活中，就成了乡村某种精神的写照。

很多年，父亲总是以这样的人做榜样来教育我，希望我长大后也能跟他们一样了不起。我也曾为之努力过，尤其是，在星空斑斓的每一个夜晚，当我跟着父亲枕着一株稻子入梦时，还梦到过自己就是端居其上的王……只可惜我终于让父亲失望了，多年来，尽管我也曾为之做过努力，但我始终没能成为村人尊崇的对象，在一株稻子之上，我一直是个微不足道的人。

入夏了，一株稻子就在乡村的田野里风情摇曳起来。

此时，太阳一天比一天更催人了，加之几阵风后，一株株稻子，就迅速长高起来。父亲说，这时候只要留心就能听到它们拔节的声音；父亲还说，稻子的声音是夏季里最动听的音乐，能听到这歌声的人，一定是有福气的庄稼人。为着这句话，很多年我都觉得诧异：父亲只是一个朴实的庄稼人，却能将一株稻子赋予诗意，这算不算一种奇异的风景呢？

风吹来，层层翻卷的稻浪，以及铺天盖地的窸窸窣窣的声音，仿佛一层柔柔的水流漫过身体，我能清晰地感觉到那一份滋润，似乎春雨润物，细腻而晶莹，似乎有一层绒绒的光，在那里充盈，扩散，再充盈，再扩散……

每一次从稻田边走过，我都会为之心生喜悦。有时候，我还会学着父亲蹲下来，一遍遍抚摸每一株稻子——那时候，我是多么想做一个有福气的庄稼人呵，但每一次，我都没能听到父亲所说的声音！在渴望走近一株稻子的路上，我是否曾因为这一距离而心生失落呢？不知道。

一个确切的答案是：我就此记住了一株株夏日里的稻子，它们铺满了乡村的田野，绿色从每一个角落争先恐后涌出来，风景般装饰了每一双眼睛。每个人，都喜欢与之对视，每一块稻田旁边，都会有一个父亲或是孩子的身影晃动，每一株稻子都迎接过亲切的目光，每一株稻子都是热闹的，每一株稻子更是神秘的。很多年我总是在想，一株稻子，当它在夏日里风情摇曳时，是不是就告诉了我们什么？

究竟告诉了什么呢？这个问题困扰了我很多年，很多年我都没有想明白。

在乡村，一株稻子，貌似简单，却是最难解读的时光与事物。

也是在夏天，当太阳一日烈过一日，稻田里的水就一点点干枯了，就连河流里的水，也逐渐消失，仅剩下细细的浅浅的一层，宛如细若游丝的气息。为了及时给稻子补充水分，为了抢夺有限的水源，村人之间的争执，不可避免就发生了，有的甚至还发生了打斗，原本和睦亲近的关系，因为一株稻子而发生了改变。

我永远都会记得那个童年的河滩，那个被太阳晒得无比干涸并无比紧张的河滩。那时候，我正望着我家某块被晒得焦黄的稻子无所适从，突然就听到了河滩上因为争水打架的消息。我跑到那里时，打架的姓王的两兄弟已经头破血流，双双倒在河滩上，痛苦地呻吟不止，两兄弟的子女也互相撕扯着，骂声、哭声不绝于耳，村人们穿梭其间忙着劝架，就像一群纷乱的鸟……而尤其让我无法释怀的是，经此后，两兄弟成了路人，一直到他们死去，一直到他们的子女都没有和解。一株稻子引发的仇恨，竟然如此固执，如此经久不息。

还有我的堂三叔，也是在某个夏日，独自到某个深洞里抽水给稻子补充水分，结果一氧化碳中毒死亡。把他从深洞里捞出来时，他白发苍苍的母亲一边哭着一边狠狠地抽打他的耳光，她在风中不断摇晃的颤巍巍的身子，她那一份撕心裂肺的疼痛，一直让我难忘。

还有一个在村里广为流传的故事，说的是某年某个秋月，村里的伍大爷爷用火药枪打死了某个偷窃他家稻谷的人，却不料此人竟然是他亲哥哥……还说此后，伍大爷爷变得沉默寡言起来，再后来就疯了。每到夜晚，疯了的伍大爷爷总要跑到某块稻田边哭泣——一直多年，这个故事就像一个梦魇，总会在不经意间将我击中，让我沉重，让我思索……我不止一次地想：作为一株稻子，在乡村那些生生死死的情愫里，它究竟隐喻了什么？

现在的乡村，一株稻子，却已归于平静，并还有些落寞了。

从春到秋，偌大的田野，你几乎看不到稻子的身影。一方面，村人们都外出打工了，一株株曾经让他们活命的稻子，现在已无法养活一家人，于是只好放弃了；另一方面，总有一些工厂见缝插针地挤进来，于是众多的水田被征拨，即使那些依然对稻子一往情深的，想要年复一年种下稻子的，也只能叹息一声，算是对稻子的告别了。

到此，一株稻子就像美人迟暮，逐渐沦陷下去，似乎就要走到尽头了；一个乡村的时光，也像年华不再的岁月，越走越窄了。

具体到我的父亲，他也无力再种下很多稻子了。他逐渐苍老的身体，已无法像往昔一样承载一株稻子的重量。但他每年都坚持要种下一些，每年我也都要回村去，跟着父亲在多年前的水田里一起插秧，一起看望田水，一起收割稻子。只是那情景，早已不像最初的那般温馨与诗意了。最初美丽的梦境——那些如鼓的蛙声，石头、野草、虫子的低语，早已不复存在。只是父亲不会知道，当我在一片撂荒的田野里，看见父亲种下的那些少数的绿色，心中就会涌起无限的荒凉——我始终觉得父亲就像一个最后的留守者，在一株稻子走远的背影里，我看见的，似乎是那最后的时光……

不过，我还是会陪着父亲，因为我深知，在父亲心里，一株稻子，它不单是一株可以活命的草木，更是一株传世的粮食。一株稻子在他而言，正如我心目中最初的神祇。所以我一定会陪着父亲，直到他彻底老去，直到一株稻子彻底消失在乡村的视野之外，直到整个乡村彻底消失在人们的记忆之外。

Ni Tu Shang De Xiang Cun

泥土上的乡村

在乡村，一个人的故事，往往是从一抔泥土开始的。

譬如我，一睁开眼睛，我就看见了泥土：房屋是泥土的颜色，灶台是泥土的颜色，场院是泥土的颜色，草木是泥土的颜色，河流是泥土的颜色，就连天空也是泥土的颜色……一开始，泥土就裹挟和覆盖了我；一开始，泥土就住进了我的心房，我是泥土上生长的一株植物。

及至稍稍长高后，母亲就迫不及待地对我说："人是吃泥土长大的。"在母亲看来，这样的启蒙对孩子而言，意义重大。母亲最大的担心就是怕我不认识泥土，怕我不懂得跟泥土亲近。

泥土就是一种粮食，它可以喂养我们的生命——不单是我的母亲，我相信所有乡村的母亲都一样，她们不识文化，不懂得修辞，但一抔泥土对她们而言，是不需要拐弯抹角的，泥土一直就住在她们的心上，紧贴心灵的事物，远比一个苍白的说辞要深刻得多。

泥土是母性的，在乡村，所有的风景都因这一特质而美丽，而灵动。

一个乡村母亲小心翼翼地锄过每一粒泥土，小心翼翼地扶起每一株豆叶和玉米苗的时候，泥土立即就显得整齐起来，干净的脸庞就生动起来，一缕风从那里经过，一只调皮的山鼠竟然也在那里扭起了腰肢……每一次，我都会心生恍惚，觉得母亲们就是此时的一个女王，泥土是她们头上漂亮的王冠。

一个乡村母亲赤着脚从泥土上走过，泥土沾满了她白皙的皮肤。阳光像一些跃动的颗粒，落在泥土上，很多年，我都能听见那些近似金属的声音，明亮而又干净的声音，从泥土中长出来，一直攀爬到母亲们的心房上，一直长成郁郁葱葱的一片森林。在森林里，母亲们就像一个个美丽的公主，那些温暖的泥土，散发着阵阵花朵的清香。

多少年了，我不得不承认，当我每一次想起并提起泥土的时候，母亲们都会以童话般的形象走进我的记忆。就像一个经年的梦境，她们一直就在那里，始终就在那里，她们从来就没想过要撤离，从来就没想过要离你而去。

从一缕柔情出发，泥土上的乡村，就像真正的乡村了。

真正的乡村，是以一抔泥土为标志的。

房屋是泥土筑成的，灶台是泥土垒成的，场院是泥土铺成的，草木长在泥土上，河流从泥土上流过，天空和飞鸟，以泥土为背景……一切都以泥土为道具，一切都以泥土为主角。整个乡村，其实就是泥土的一场盛宴。在时间的中央，一抔泥土，是不可或缺的风景。

如果还需要打个比喻，泥土其实可以视为长在乡村之上的一株向日葵，一直在引领乡村的某个方向。

在乡村，从始至终，从老人到孩子，一直都是沿着这个方向行走的。

这个方向就像泥土本身一样——只生长庄稼，然后剥开谷壳，最后从中取出米粒。一条浅浅的流水线就是一生的行程，但这个行程，却包含了最丰盈的哲理，就像一面镜子，照亮乡村的每一条道路。

在乡村，泥土是朴实的，尤其在母亲们眼里，泥土其实就是一颗玉米种，就是一个长成的玉米棒以及一顿饱暖的晚餐。泥土从来就没有其他的奢求，就像母亲们终其一生都没有其他奢求一样。

泥土更是简单的，在母亲们看来，它没有繁复的心事，它仅仅需要一声温暖的问候——相互见面时，你喊我一声，我招呼你一句，彼此没有恶意，彼此都渴望亲如一家人，世界就是如此的简单，人生就是如此的简单，就像我们随手画出的一个符号，线条间是纯朴的自然与从容，当然，也还有一份潜藏内心的踏实和温暖。

泥土还是仁慈的，一个人死亡后，泥土将其覆盖，并永世安慰他或她的骨殖与灵魂。所以在乡村，人们都说："人从泥土中来，又回到泥土中去。"——话说得朴实，就像从枝头飘落的一枚树叶，落在泥土上，阒无声息；但话说得却很贴近心灵，就像一副清凉剂，时时让人耳清目明。

很多年，很多人，正是在这副清凉剂中缓缓地从容地行走着，不紧不慢，不躁动，不虚妄，就像泥土一样活着，就活在泥土之中，从内到外，从上到下，一抔泥土的世界，就是一生的世界。

譬如我的祖父，在泥土上活了整整70年，从来脚不离土、心不离乡。更主要的是，泥土的秉性让他的一生获得了圆融——他从未与人争高下，从未与人争执，更从未与人发生过吵骂，一抔泥土让他活得真实而且安泰。一直到他去世，我都没有发现过他有任何一丝内心的游离。

其实又何止我的祖父，在乡村，像祖父这样的人比比皆是。他们性格各异、家境各有不同，但他们都有一个共同的特点——在一抔泥土中安居，身心就因之而清澈了；在一抔泥土之上，欲望可以降到最低，失落和忧郁可以绕开村子远走；一抔泥土的世界，虽然很小，却可以永安此心。

譬如我，直到现在，虽然离开了乡村，虽然历经俗世的烟尘，甚至有人打我，有人骂我，但梦里梦外，一睁开眼睛，我依然像多年前一样看见了泥土，看见了泥土上的祖父，看见了从泥土上走过的那些岁月，到最后，我就都忍了下来，继而就不在意了。一颗心，一旦与一抔泥土重逢，一切愤怒的恶魔，就逃之夭夭了。

泥土上的乡村，就像风平浪静的一轮圆月，照彻心灵的同时，也照亮时间与日子。

不过，在乡村，泥土也还是会有磨难的。

譬如我的母亲，泥土留给她的记忆，就是从饥饿开始的。

那时候，母亲大约七岁，或者八岁。那时候她太饿了，趁外婆以及在同一块地里栽玉米的人们不注意的刹那，快速地抓起混着泥土的几颗玉米种，一下子就灌进了嘴里。但她失败了——就在这一刹那，她偷窃的行为被发现了。在人们愤怒并汹涌如水的目光下，她被外婆强按住嘴，逼着吐出已经嚼碎但还来不及吞进肚里的玉米种。紧接着，她被戴上了偷吃集体粮食的罪名，外婆还因此被批斗并扣了整整两个星期的口粮……

那时候，不单是母亲饿了，就连草木们也饿了。

母亲说，那时候，没有饭吃，人们纷纷涌上山野，不论昼夜，只要一看见植物，枇杷树、红子刺、克妈兜、漆树……不管叫得出名字还是叫不出名字，只要哪里有植物，锄头和镰刀就指向哪里。一时间，泥土失去了草木，草木失去了泥土，枯黄与血红泻满山野，一切都朝向了死亡的方向。而更让母亲心惊肉跳的，则是跟她同龄的一个女孩，在吃了漆树皮后解不出大便而死亡，她的妹妹——我的小姨也是因此而全身浮肿，险些丢掉性命……

从此母亲越发深信，是泥土养活了人，养活了人间草木；从此母亲还深信，在磨难之前，人是应该敬重泥土的，在泥土之前，人永远是卑微和渺小的一群。

只不知，多年后，当一次次目睹一抔泥土已无法在乡村安身时，母亲又做何感想?

实际的情形是，现在的乡村，早已不是泥土的乡村了。往往是，先是打工潮的袭击——村里凡是有点劳力的，一夜之间都纷纷外出打工了，一块块的土地被撂荒，杂草和荆棘很快从中长出来，人与庄稼的气息在陈腐的时光中销声匿迹；再几年，三两座厂房趾高气扬地移居到此地，座座高耸入云的烟囱紧紧压住乡村的头颅，蘑菇般的黑烟不舍昼夜地覆盖人们的视线，浓烈的煤烟熏黑了每一寸土地的肺叶；又几年，一个规模盛大的火车站或是新开发的城市浩浩荡荡地开进来，一时间，土地全被征拨，挖机的声音、钢铁碰撞的声音、人群的喧哗声不绝于耳……就像一个个被搅坏的鸟巢，零乱的树叶、枝丫与杂草，以及夹杂在其中的几根鸟羽，铺满一地。头顶则是四顾彷徨失去家园的鸟群，原本有序的秩序，顷刻之间被颠覆。

比起母亲们当年的饥饿，现在泥土所遭遇的磨难，已经更加深重——泥土咋就这样爱出事呢?很多次我都在想，出了事的泥土，就像一个个面目斑驳的老人，他们静静地坐在那里，时间已经抵达最后的刻度，向晚的岁月让人心生怜悯。

我就不止一次从这样的乡村走过。每一次，我都会在一幢大门紧闭、房梁陷落、荒草丛生、人去楼空的房屋前伫立良久。我总是静静地看着那些残留在门楣上的对联，总想象着先前人们居住其间的热闹，总想寻觅到一丝人的体温与气息，然后是哀叹——在被遗弃的梦里，很容易让人想起夜凉如水的午夜，一只虫子爬过一朵荷叶的寂寞与仓皇。就像孤独，一不小心就让你想起通向死亡的入口。

我也不止一次从荆棘和荒草丛生的泥土上走过。每一次，这里空无一人，只有不知生死与愁郁的鸟雀，偶尔飞落这里；只有成双成对的蝴蝶与蜻蜓，在它们自己的华丽中上演地老天荒；只有一些寂寥的野花，在枝头独自开放；只有一些冰冷的墓冢，在遥远的时光中独自沉沦——一切都是静寂的，一切都是无声的，一切还都是让人怅惘的。在泥土和庄稼以及人们远走的背后，真正意义上的乡村，是否已经消失？而那些曾经热闹的，那些曾经不离不弃的梦境，是否也将不复存在？

时间到这里，泥土上的乡村，显然已经走到了尽头。

不过我又相信，作为泥土上的乡村，它终究是不会消失的。至少在心上，不管岁月如何嬗变，不论时间怎样变幻莫测，我们永远都会记得那个梦。

譬如我，我就一直记得那些声音：“人是吃泥土长大的。”“人从泥土中来，又回到泥土中去。”……那些最初的声音。甚至是时光越遥远，那声音就越显得亲切，亲切得接近神秘的魔咒，如影随形。往往是，当我走在路上时，趁我不注意时，那声音就会开始响起，先是一个点，从岁月的某个暗角升起来，然后逐渐弥漫，就像一些扩散的音符，萦绕开来，到最后，将我彻底覆盖……

这样的声音，永远属于泥土，永远属于乡村。我相信，即使遥隔千年，光阴全非，当你回过头，在一片废墟之上，你依然会捧起一捧泥土，甚至极有可能会跪下去，然后为之痛哭失声……

Xiang Mu Xiang Yang De Cun Zhuang

像模像样的村庄

一个村庄就该有村庄的样子。

田是田，地是地；田里是稻谷，地里是玉米、高粱和大豆；河流是河流，山野是山野；河流里流水叮咚，山野里绿草连天；鱼虾与流水齐舞，牛羊与青草共一色；远处近处，万籁俱寂，天地清澈，流云从容，万物一起入画，笔墨深处，分明有一首诗泼泻而出，摇曳其间的，是纯净质朴的心灵。

一切都没有遮蔽：房子像房子的样子，植物像植物的样子，牲畜像牲畜的样子，鸟儿像鸟儿的样子，奔走或睡眠，欢愉或低泣，静立或随风舞蹈，一切都像模像样，各从其类，就像神造万物之初的传说，底色清晰，泾渭分明；包括人，也活得整齐有序，额头上的太阳和月亮，一直循规蹈矩，升起来和落下去，没一丝杂乱。

尤其是道路，那模样特别让人亲切。每一家房前屋后都有道路，每一条道路都相互交接。一条条道路，在村里随意蜿蜒伸缩，无拘无束；一条条道路，就像一些欢蹦乱跳的孩子，从东家串到西家，再从西家串回东家，热热闹闹，心无芥蒂。即使是隐蔽的山野和荒草间，也有人们的脚印在那里成群结队，满目温润。一条条道路，就像一个村子的经络，贯通人与人、人与泥土草木的气息。东南西北，上下左右，一条路绕回来，整个村子，所有的人事，就入了你的心，入了你的情。

就连狗们，也互相认识，并可以相互串门，像走亲戚似的。你家的狗，一不留神就串到了我家屋檐下；我家的狗，也可以到你家门口一待就是一天。这样的结果是，一个村子的狗与人，也都熟识了。即使是晚上，你从黑暗中归来，不论从谁家门前经过，狗们都不会咬你；相反，它们还会摇着尾，前脚蹭上你的肩头，就像欢迎自家人——我一直以为这是一个无比美好的仪式，一个村庄的亲密无间，在这个细节里往往浮出水面，让你在霎时感受那漾开的温馨。

像模像样的村庄，是不设围墙的。每家的门窗都相互敞着，甚至是谁家吃什么菜，谁家有客来了，谁家孩子又挨打了，谁家夫妻又吵架了……日子中的所有琐事，都在别人的眼里明摆着——不设防，也无须设防，就像月亮阴晴圆缺，下雨了，刮风了，出太阳了，一切都挂在那里，一目了然。这里的门，也是毋需上锁的，主人在不在家不要紧，家里的东西是不会丢的——所谓门，在这里，它更像一句无形无声的神谕，一旦立在那儿，人的脚步就变得严肃和畏惧起来。它不像后来的那些防盗门，再是铁质之身，也挡不住心失敬畏的一双贼眼。

在这样的村里，泥土最是生动的一群。就连天空与大地，植物与河流，虫鸣与鸟啼，都是泥土的颜色。或深黄，或暗红，或一片墨黑；或如圆润的肌肤，或如皱纹丛生的岁月。一群群的泥土，从村里一直走向村外，直至危崖之上，步态始终优雅，不急不缓，每一步，流水和青草的气息，一丝丝从脚底往上蔓延，像温暖的火焰，贯穿身体与心灵。庄稼从泥土里长出来，骨骼在泥土里拔节芬芳，每一个人都根扎其间，风吹不去，雨洗不尽，即使身在千里，最后故去，灵魂依旧，深情不灭。

没有泥土的村庄，不是真正的村庄。泥土之上，是心的属地。记得有一年，在城里的水泥地上，我看见一头老牛，奋力往一段斜坡爬去。斜坡光滑如玉，老牛四蹄仿佛悬在空中，一次，又一次，始终无法抓牢，最后跌倒下去，并向后迅速滑落下来，沉重的身体在斜坡上留下一道浑浊的印痕……到最后，老牛一声呜咽，像一个临终老人的叹息——哀婉，幽怨，向着过去的时光与年华。这个场景一直让我记了多年，多年之间总想起一抔泥土，以及村庄的样子，甚至不止一次浮现出几句关于爱的诗句："逝去的爱 / 如今已步上高山 / 在密密的星群里 / 掩藏她的腼颜（叶芝语）。"我总是想，在一头老牛的世界里，当村庄不再，泥土远遁，往事深埋，深爱不存，心和身体也就一点点冷去，那些走失的部分，那些不死的记忆，像陈年的风雨，满目苍黄，萧疏如凉。

像模像样的村庄，它是质朴的，更是缓慢的。就像村口的那汪旧泉水，时光之中，它停驻那里已然千年。它是安静的，仿佛置身处变不惊的世外。春花开了，秋月逝去，一直到白雪覆盖村庄，岑寂之中，它始终步履悠然，一点点地滴落下来，一滴滴地落在人们心上，缓缓地勾勒永恒。在这样的时间段里，在不远处，也一定还有一个唱书的老祖父，在漫长的黑夜里"咿咿呀呀"地和着，没人听得清他的唱词，但你分明嗅得到，那一腔古老的幽怨，就像枝头落下的积雪，或是一朵在季节里奔跑的花朵，在从前的时光里一次次泛起浮世的温情——时间之河被拉得遥远且长，日子与心灵简单得就像一个模糊的音阶。又多年后，当你走出老远，你依然觉得，在那一声声的“咿咿呀呀”里，即使终其一生，你也走不出那一份牵挂。而你也终于明白：时间就像我们身体里的某个故人——关于村庄，我们总能在时间中感受到一份熟稔，只要稍稍碰触，那些经年的笑容，就会落英缤纷，洒满记忆，像另一个春天。

在这样的时间里，庄稼是人们心上的一轮太阳，不论风雨，不分白昼，永不凋谢。一粒种子从泥土里长出来，它便享受了孩子般的礼遇——风雨之中，总有一颗母爱铸成的心，为之惦记，为之挂怀。往往是，一个农人，当他（或她）把一株庄稼揽进怀里，他（或她）一定就柔情加身了，甚至嗅到了自己身体的某种气息——或可说，一株庄稼就是一个农人前世的自己，它身上的每一缕骨头和血液，都与自己心手相连。庄稼之上，必定有这样一群人（也总有个别出类拔萃的），熟悉时令，精于犁耙，在泥土和植物中运筹帷幄——他们（或她们）俨然构成了乡村的图腾，指点心灵，也引领道路。

没有庄稼的村庄，就像失去精血的肉体，季节瞬间坍塌与零落。田不像田，地不像地，不见稻谷、玉米、高粱和大豆的踪影，荒草却汹涌而至，沮丧满目。秩序也开始纷乱，先前纵横交错的小道深埋其下，河流的那份明媚沉沦深陷，蝴蝶与蜻蜓，云彩与花朵，飞翔之间，尽是荒芜。这个时候，一个村庄，从某种意义上来说，它就已经死亡了——我一直以为这是神造万物以来最不堪的事件，就好像“刻在巨大石块和玻璃窗上的《圣经》故事/到头来都将被时光消磨净尽（博尔赫斯语）”，一切都不可避免地成灰入尘。而一颗心，当所有的时间成为从前，一切就都难以为继了。而曾经的运筹帷幄，也终于沦落成顾影自怜，再就剩下几声无迹可觅的叹息。

像模像样的村庄，它是干净的，也是从容的。这样的色彩与旋律，它就藏在一声唢呐里——哇哇呜呜——哇哇呜呜哇哇呜——哇呜呜呜哇哇哇呜——单调，却无比执着，仿佛来自泥土与石头的声音，没有粉饰，灵魂与精神袒露无遗。老人过世了，女儿上花轿了，新房落成了，唢呐就响了起来——或忧伤，或欢愉；或祈祷，或祝福；或怀念，或向往。一颗心，一段时光，就随那些起伏的音符花开花落，情生情灭了。很多年，我曾经固执地认为一支唢呐，必定就是村庄开在天空的花朵，装饰风景也温暖心灵，点缀生活也扮亮日子。很多年，我甚至会在梦里看见一支唢呐，它就像我从前熟悉的眼睛，朝我深情凝眸——它似乎是我失散多年的亲人或情人，只轻轻一声呼唤，就心魂相牵，并泪流满面了。

在这样的村庄里，心最是瓷实的。生活与日子就是足踩大地的简单与踏实。每一个人的生活之需，只一把斧子，一些柴火，一些粮食，一些果蔬，一间安静的小屋和一匹马，一条狗。没有招摇的欲求——瓷实的心永远是一首最朴素的诗，最能安妥平凡的肉身。在这样的村庄里，永远没有背叛——即使肉身出走，灵魂与精神却在此根深叶茂，不离不弃。即使时间如水逝去，怀想与眷念依旧如磐石，纹丝不动，生生不息。

这样的村庄，它还是神性的，无论是一棵草，一朵花，一块石头，一株庄稼，一个洞穴，甚或是一只微不足道的蚂蚁，它们都心静如月，扎根世俗又远离世俗——它们就像一些安静的灵魂，排斥喧嚣、拒绝浮尘；它们心怀美好，每一个词句与梦呓，都心存善念，面目温和；

它们在那里，一个梦就可以地老天荒；它们一次次退却人的本性，还以神的光芒与明亮。

一个像模像样的村庄，它必定是温馨的，可以烛照肉身，泽被心灵。就像一缕炊烟，始终喂养并滋润着我们的肠胃——从小到大，每一个晨昏，我们都从那里吸取食物和水，然后像一株庄稼一样成长，然后经历四季。醒来和入睡，一缕炊烟，它始终面带微笑，岁月静好。

哦，对了，亲爱的，我所说的像模像样的村庄，它正是以一缕炊烟为标志的。炊烟一直是贴在村子上的重要标签。炊烟升起来，从茅草或瓦片的空隙里逶迤出来，从树枝上蜿蜒而去，仿佛某种精神的昭示。日子与生活却如泥土和草根般沉落于地。一缕炊烟之下，往往是，白昼了，黑夜了，秋来了，冬去了……一切标志都清晰起来，一切秩序都整齐起来。一缕炊烟，就是村庄上空的旗帜和方向，只一望，所有的秘密就都显山露水了。

而我一定要补充的是，关于炊烟，关于村庄，在它们之下，必定有一个母亲，从初作少妇，一直到两鬓染霜，她始终不离不弃，以灶房为伴，以孩子为念。到最后，时间如草枯了，孩子像鸟儿飞远了，她始终还在那里，凝望着炊烟的方向，眼里说不清是喜悦还是忧伤——在一缕炊烟的背影里，一个母亲的一生，就这样如情如缕地挂在村庄的心上，挥不去，抹不掉。而一个村庄，也因为有了母亲，从此成为你生命与灵魂的栖息地——最初的，也是最后的皈依之所。在这一生，只要你心跳不止，就会有一个方向，长久地引你仰望——像一种高度，即使倾其一生，村庄消失，情缘耗尽，依然无法跨越和丈量，就像那些不受时光局限的事物，在时光中长生久传。

几起死亡事件的烙印

1981年冬天的某个晚上，风像一些带翅的鸟，在树林和竹叶间乱窜，弄出“噼啪噼啪”的声响。落叶在风中卷起漩涡，上升的时候，又快速跌落、消失——生命的激越与幻灭同时呈现。瓦片和茅草像一些沉静的面目，一言不发，掩藏内心。远山一片黝黑，只剩下模糊的轮廓，像兽类的脊骨，露出坚硬的底色。一只夜蛙子“哇——呜——哇呜——哇——呜——”地叫着，如水的凉意一点点钻进脊背……我紧紧拽住母亲，跟着她往小新哥家赶。不单是我们，整个村里的每一条道路，都有人急匆匆地往小新哥家赶去。

事情的起因是仅大我两岁的小新哥据说撞上鬼魂，快死了。据母亲说，近几天夜里，夜蛙子叫得特厉害。据说，只要夜蛙子一开口，村里必定要有人死去。只是有点出乎意料，这次被盯上的，竟然会是一个孩子。按理，夜蛙子该是拽着那些老人往黑跑的。我们到的时候，小新哥家里已挤满了人，每个人都在叹息，但他们更像一些袖手旁观的看客——小新哥躺在一堆干草上，身体不断抽搐，一定有剧痛正在他身体里穿行，他不断发出痛苦的呻吟，脸色苍白，额头上聚满冷汗……除了他母亲紧紧抱住他，没有一个人想过什么救治办法。很快，小新哥瞳孔放大，成了一具没有知觉的尸体……

这是我平生第一次经历死亡事件，那时我大约 7 岁，或者 8 岁，幼不更事，但依然隐约地感觉到了死亡的滋味。我紧紧躲在母亲身后，始终不敢看小新哥的尸体，回家后还做了一个噩梦——梦见一只夜蛙子，双翅托着我，向着一个黑洞飞去，我一边挣扎，一边喊着母亲，但我离母亲和地面越来越远……醒来，早已大汗淋漓，枕头湿了一大片。多年后我想，这应该就是我第一次无意识地对死亡的解读——恐惧、对抗，更多的是无奈与屈从；同时，对一只鸟想当然的曲解以及一份迷信下个体生命所表现出来的轻与贱，让我感到郁闷和沉重。

第二起死亡事件发生在 1984 年的春天。一天早上，在水井边，一个女人一脸神秘地拉住母亲并对着她的耳朵低语，我听不清她们说些什么，但从母亲慌张的神色里，我想村里一定有事发生了。回家问母亲，一阵沉默后，母亲说村里某家的女儿（我小学的同学）被“干痨精”找上了，叫我千万不要挨近她。

我忍不住大惊失色。我知道“干痨精”的厉害——据说这是一个非常恐怖的恶鬼，头上长满了癞疮，眼球向上凸起，眉毛脱落，满脸苍白，像一张死人的脸（记不得是男性还是女性），骨瘦如柴，只要被它找着的，很快就会脱了人形，变得跟它一样。而更为可怕的是，被找着的人还会很快又找上别人，祸害村子……

接下来的某天晚上，母亲压低声音对我说：“这下好了，那个‘干痨精’就要被烧死了。”我又是一惊。尽管我也惧怕“干痨精”，但一想到那个女同学，还是忍不住有点颤抖——我再次想起了她姣好的面容，想起了她跟我一起跑过山野和河流，一起在课堂上朗读的场景，始终无法把她跟丑陋狰狞的鬼魅联系起来……一种最初也最原始的怜悯，懵懂的矛盾心理，让我觉得残忍与凄厉，以至于完全忽略了这个夜晚还有明媚的月亮，以及泛上来的阵阵花香。

我没有亲眼目睹女同学的死亡过程，但后来听说，那天晚上，村里所有的男人都出动了（他们就像去执行某件神圣庄严的任务似的），还听说女同学是被装在柜子里，抬到水碾坡活活烧死的……关于这起死亡事件，留下的仅是一次潦草的叙述，至于其间的过程与细节，一直没有人说起（或许是没人愿意说）。但我忍不住想要虚构——我宁愿相信，那个夜晚，在春天的水碾坡上，鲜花遍地，一簇簇的火焰升腾而去，一个小女孩，面带微笑，乘着火焰和鲜花的翅膀，往月亮上飞去……再后来的某个春天，我几乎找遍并深情地抚摸了水碾坡的每一朵花。我一直在想，其中是否有一朵，曾经照亮女同学无辜的灵魂呢？

这起死亡事件留给我的，更多是一种美好的祝福，还有对于无知与迷信的诅咒与谴责。很多年，我总觉得内心堵得慌——在对疾病（后来我想小新哥患的可能是急性阑尾炎，女同学患的可能是肺结核之类）缺乏最基本认识的前提下，将一切的意外与不幸寄身于鬼神，由此酿成的悲剧，一直像一个梦魇，让我耿耿于怀。

到 1998 年的秋天，跟我同龄的某伙伴因抢劫杀人被执行死刑。他的死，让我对于乡村的死亡，又多了层新的理解。

记得那是一个黄昏，一轮残红静静地挂在山巅，仿佛睫毛上的一滴泪珠，随时都会掉落。平桥的河水还是多年前的河水，从青龙山直泻下来，在石头田一掉头，就往千秋榜奔去了，丝毫看不出隐藏在其间的时间变化——时间或许仅仅是一种感觉，风流云转与花开花落，更多的可能只是内心的沧桑巨变。就在河水之上，我遇到了这个同龄伙伴的父亲。初见的刹那，我忍不住就吃了一惊——不见他不过很短的日子，但他显然一夜间老了许多，面容憔悴，头发也白了，就像一棵陡然枯萎的秋草，霜痕重重……招呼之后，他就迫不及待地跟我说起了他的儿子，就在那天，我知道了同龄伙伴的死讯。

同龄伙伴死后，他的妻子与女儿，被人拐卖他乡，一直没有确切的消息；他唯一的弟弟，四处打工， 三十多岁了还没结婚，孑然一身，一去多年不曾回家；只剩下他父亲一人，一直没能力去寻他的骨骸。很快，他的埋骨之地就成了秘密，而他短暂潦草的生平，也很快烟消云散。他唯一留给家人的，仅是某公安局对他执行死刑的通知书。这份通知书被他父亲仔细保管了很多年，直至他父亲最后去世。很多年，我一直无法知道他父亲内心的秘密——在对一份执刑通知书的凝望里，一个失去儿子的父亲，一个垂暮之年的孤独之身，他内心的平静或风起云涌，将会是怎样的艰难处境？

由此，我常常想，乡村的这些非正常死亡，它们更近似于某种暴力的启示：这种暴力，来自愚昧、迷信、贫穷（我相信这个同龄伙伴犯罪的原因一定是贫穷所致）以及由此引发的偏执与虚妄，它深植于骨髓与某种既定的秩序，像乡村身体上的某块胎记，一次次穿过它暗黑斑驳的花纹，让我仿佛看见越过时间与岁月的飓风，不断地摧毁我弱不禁风的内心。

光棍们的内心史

要说的第一个光棍，当我记住他的时候，他已是一个老人。他姓卢，是我家邻居，我喊他卢伯伯。那时我还小，关于他的过去，我所知不多。只记得他家人丁不旺，只有他跟他父亲两个人。他父亲身材矮小，是个跛子，但会制作棕绳的手艺。制作棕绳，要一头固定，然后跑动着将棕叶往另一头牵去，而且需要一定的速度。我们都喜欢看他父亲跑起来的样子，一瘸一拐的，想快又快不了，那样子就像一只笨拙的鸭子，跑起来，满身抖动，却不能保持协调，有点滑稽，让人想笑。不几年，他父亲去世，剩下卢伯伯一人，但不知他为什么没继承父亲的手艺，这是一个秘密，没人知道。然后就是我们一天天长大，卢伯伯一天天变老，到我 15 岁，卢伯伯死去。其间没有任何波澜——太阳出了，雨落了，风过去了，一朵花和一只蝴蝶被尘土掩埋了，时间像一条无惊无险的溪流，安静地从村里流过。

据说卢伯伯原本娶过媳妇的，只是结婚当晚，他就把媳妇送回了娘家。他为此遭到了很多非议，有的说他不满意父亲替他说下的这门亲事，有的说他患有某种不可言说的隐疾，还有的开玩笑说他生性怕羞，不好意思碰女人。不管哪种说法，他均一笑了之，从不答言。这又是一个秘密，从来没人知道其中的真相。人们只知道，卢伯伯从此沉默寡言，很少说话，也很少跟在人群背后。人生多年，就一个人，在阳光下或是月亮底下，默默地抽烟，默默地看着远处的一朵云或是眼前的一只蚂蚁爬过。没人知道他的内心——他内心的天空，只有他一个人看得见，直到他死去。这样的细节，仿佛一些深刻的画面，导致我多年后总会想起他。我想，孤独对于一个自我封闭的内心而言，或许具备着刀子的属性，起落之间，无血之处，引人沉思。

在光棍中，跟卢伯伯内心大相径庭的，要数一个姓唐的。姓唐的为人憨厚老实，很多人总是当面取笑他，但他总不会恼怒，始终一脸和善，有点接近于麻木。姓唐的也结过婚，但后来老婆跑了，原因是姓唐的不能生育。姓唐的似乎并不在乎疾病本身，一生都想着要娶个媳妇进家。姓唐的在村里牧牛，每头牛每年给他近百斤稻谷作报酬。因为牛多，他每年总能有几千斤稻谷收入，这在缺粮的乡村来说，已算得上是富裕的人了。于是，围绕稻谷，总有一些心怀叵测的人不断地帮他四处找媳妇，但往往是稻谷耗尽，媳妇也没有着落。但他并不明白这其中的骗局，再有人给他帮忙，又热火朝天跑上一场，持续不断。一直到临死前，估计在他内心，依然还在想着一个女人的身影。这种内心的坚持，在强大的背后，却让人看到一种彻骨的荒芜。

有一年，村里来了个疯女人。姓唐的一见她，就将其领进家门。在人们的一片哗然和嘲笑声中，姓唐的却逢人就说："这是我家女的（就是媳妇的意思）。"说得一本正经，而且还有几分严肃与郑重，分明就是要急于告诉每一个人，让人们都知道他已经有了女人。我见过那女人一面，有一次在村口恰好遇上，一见面，姓唐的就给我介绍。我看见她一脸憔悴，却收拾得很干净（估计是姓唐的为她清洗的），能说上一两句清醒的话，但到第三句，就表现出了疯样。不过，仅仅几天，疯女人就不见了，据说姓唐的还不死心，四处寻找……多年来，我一直为之惊诧并且沉重——我似乎看清了姓唐的内心，我想，他所渴望的，或许已不是一个女人的身体，更主要的是由一个女人，他能看到人生的圆满。而他终其一生，或许都在朝这方向努力。很多年，从他开始，我总看到人生的诸多疼痛与无奈，像源源不断的洪水，一次次把我淹没。

不过，真正让我难以忘怀的光棍，还要数老柱。老柱是他的乳名，老柱如今已近60，但就连孩子们，都一直这样喊他。至于他究竟有没有学名，早已被人们忽略。老柱身体不但没有残疾，反而长得英俊无比。他成为光棍，是因为他母亲的原因。多年来，我们的民族都不会跟其他民族通婚，老柱的母亲却犯了这条禁忌——在她18岁那年，竟然跟着邻村的一个汉族小伙私奔了（但后来不知为何又回到了村里居住）。这是村里破天荒的一次，当下举村哗然。只是她没想到，这一举动竟让她背负了一生的屈辱与孤独，直至殃及孩子们。事实是，在她私奔后，人们一致认为她已不是一个正常人，认为是被鬼魅找上了，一致认定她就是鬼魅的化身。再以后，在长达几十年的人生里，村人不理她、排斥她，就连小孩见到她，也远远地就跑了，生怕被她的鬼魂缠住。有一年，村里一个半大孩子患病，据说是被鬼魅缠身偷了魂魄，家长请了一个巫师前来镇邪。巫师一边用杨柳条抽打小孩，一边问："你遇上什么了？"迷迷糊糊的小孩竟然答："被鬼魅逮住了。"从此后，她在村里的处境就越加险恶了（天知道这对话是不是巫师的有意导演）。后来，她大儿子因病夭亡，竟然没人帮忙抬尸，而当时她丈夫也早已因病去世，最后是她跟年幼的老柱费了好大劲，才偷黑安埋了尸体。而她私奔最残酷的结果，就是村里从没有任何一个姑娘敢跟老柱来往，在姑娘们的眼中，老柱也该是个小鬼魅了。就这样，老柱先是不经意，过了青年，又过了中年，到最后就成了光棍。

只是与其他光棍不同的是，老柱似乎并不因此而在意。在我的记忆中，似乎从来没有听老柱说过有关婚娶之事。只是一些无聊的人总想用此话题寻他的开心，这时候，老柱就会不慌不忙地说："慌什么？不慌的。"然后就把话题岔了过去。倒是他的母亲，一直为了老柱的婚事忧心如焚。尤其是很多年后，当人们逐渐认识到关于鬼魅之说纯属无稽之谈，各民族通婚的现象习以为常时，老柱的母亲似乎看到了希望。但一切都已来不及了——这时候老柱已过中年，加之家里贫穷，光棍的事实已经无法挽回。我清楚地记得，有一年村里某个老人去世，老柱的母亲跟一帮妇女围着一个火塘守夜，其中一个妇女问她："为什么老柱不找个媳妇呢？"我不知道那个妇女是心怀同情还是有意揭别人的疮疤，却清晰地看见瞬间从老柱母亲眼里流下的泪水，像断线的珠子，好长一段时间不能止住。如今老柱的母亲依然健在，只是腰身已经佝偻成一个直角。回村去时，我偶尔也能遇上她，每一次都觉得无限疼痛——在她呈现出来的风烛残年里，我看到了一个乡村女人悲剧的一生，这种悲剧，深深地刻在乡村的时间上，谁也无法为之改变，谁也无法为之承担。

他们之外，村里还有一些光棍（村里的每一代人，都会不约而同地出现几个光棍）。光棍群中，有的已经死去，有的也已年老，有的正当中年；有的已经彻底放弃，有的却依然在为了娶个媳妇而努力，而奔走；有的甚至已经失踪，只听说到了某个村子跟某个寡妇生活了……他们各自的内心世界，各有侧重，各有不同，但都有一个共同的心理——对性的渴望；对女人身体的渴望；立业、结婚、生子，甚至是儿孙满堂，甚至还可能有隐约的功名及富贵梦想——这是他们肉体本能对一份世俗生活意义的理解和向往，只是那向往，或者因为残疾，或者因为贫穷，或者因为其他原因，只能成为奢想。这是不可更改的既定事实，有点残酷，但谁都无能为力——多年来，每次想起，我就觉得有一块石头压在心上，想搬掉它，却搬不动；

每搬一次，压力不是减轻了，而是增加了。于是终于明白，终其一生，所有光棍们的内心史，必将是乡村投在我心上的一道无法抹去的阴影。

出轨的乡村爱情

大约是1995年，村里发生了第一则出轨的乡村爱情。

那时候，村里的树生哥因为腰椎间盘突出死了。树生哥生前干的是赶鸭的营生，他一死，树生嫂不得不接下了他的鸭杆。其时，树生嫂不过30岁左右，虽然一口气生了4个孩子，但依然保持苗条的身段，一张脸，也依旧灿若桃花，像刚被春雨浸润似的。

问题就出在这里。村里有另一个赶鸭的男人，虽然有妻有子，但当他不止一次在河流上与树生嫂相遇后，他看着那张桃花脸的双眼就再也舍不得挪开脚步。慢慢地，如此几次后，树生嫂也忍不住怦然心动了。于是眉来眼去，于是就有了故事。终于有一天，在废弃多年的水碾坊内，以一截残存的墙壁为遮掩，两人紧紧抱在了一起……

问题还有几分难堪——凑巧的是，不知是哪个路人，竟然就撞见了这一幕。紧接着，事情就有了几分戏份——几乎很快，这个消息就传遍了全村。

再下来，男人的妻子不依不饶，先是找男人吵，再追到树生嫂的门上骂，再四处追着树生嫂殴打……这个女人几乎就要疯了。但她的一切努力，似乎都是白费劲——一方面是自家男人依然不断地跟树生嫂幽会，岩石背后、柴垛之间，甚至是无遮无拦的幽静山野，都可以是他们野合的温床；另一方面，则是树生嫂逢人就说，她连做梦也离不开这男人了。一则如胶似漆的爱情，一时间成为公开的秘密。

接下来，悲剧就不可避免地发生了：某个早晨，万念俱灰的这个女人，喝下一瓶农药，以最古老最脆弱的方式表达了她的强烈抗议。只是让她始料不及的是，就在她入土的当天晚上，树生嫂就光明正大地睡到了她曾经睡过的床上。此后多年，这则现实版的出轨的乡村爱情，一直让很多妇女津津乐道，她们都喜欢说，这女人实在太傻，要是轮到她们，你玩我也玩，她们倒要看看，究竟谁玩得更花哨？

时间与风俗一下子急转而下。经此后，乡村的爱情，竟然接二连三地出轨，以至于总有上了年纪的老人说，这都是树生嫂他们开的好头，真是“一颗耗子屎，打坏一锅汤”，言下之意颇有些愤愤然。

村里有个残疾男人，身材矮小，头大身细，一看就是智障类。但凭着父母丰厚的积蓄，他却娶了个漂亮妻子，婚后生了几个女儿，竟然一个个都长得端庄漂亮，就跟母亲一样。但村里也有人怀疑这些孩子不是残疾男人的，于是有好事者就专捡些男女之事考问残疾男人，想从中窥到某种端倪。据说每次残疾男人都言不达意，似未经过男女之事的样子。一时间，各种风言风语径直传开，好在所有言传并没影响到残疾男人一家的生活，日子照样是日升日落，夫妻恩爱，和和美美。

只是 2001 年的某天，意外的事情竟然发生了：残疾男人的妻子，竟然跟着村里另一个男人跑了。事情发生后，人们颇感意外的是，残疾男人一家竟一直保持沉默，也没有前去寻找的意思。越是沉默，越让人们感觉到那隐藏其间的怒火，人们都相信将会有一场暴风雨来临。人们都确切地相信，那两个私奔的人是不敢回村了，只能从此亡命天涯，一去不归了。但接下来人们却惊愕得说不出话了——仅仅几天，两个私奔的人就大摇大摆地回村了。有村人问他们不怕残疾男人一家找上门来吗？那男的一副满不在乎的口气：“他家敢找人？他除非不怕我捅破他家的秘密！”但究竟是何秘密呢？男的始终没有说。只是再几年后，隐隐的似乎听人说，有一次那男的醉酒后不小心说漏了嘴，说那残疾男人，原本并不知晓男女之事，至于那几个孩子，其实是他父亲的骨肉……但究竟是不是真的，一直没有谁知道，也没有谁敢去问个究竟。

不过，真正让我不能忘记的，还是关于我堂哥的事。

在村里，我的堂嫂是个绝对的美人，当时想娶她为妻的，少说也有十数人。在所有人中，我堂哥打架最凶，就凭这一优势，她毫不犹豫嫁给了堂哥。但随着时间推移，堂嫂突然觉得了后悔——打架凶的堂哥并不能给她带来物质上的实惠，于是她竟然就有了红杏出墙的想法。堂哥也曾几次发现她的蛛丝马迹，只是一时没逮住线索。

2010年秋天的某个晚上，村子里某户人家办喜酒。正在那家帮忙的堂哥不经意回头时，恰好看见堂嫂神色慌张地往房背后走去。起了疑心的堂哥尾随而去，终于看见在黑暗中堂嫂跟另一个男人紧抱的身影。堂哥恼羞成怒，不想先惊动了那一对，那个男人丢下堂嫂，没命般逃去。喝了点酒的堂哥没有追上那个男人，也没看清那个男人，回来后对着堂嫂一顿暴打，不料用力过度，堂嫂当场死亡。最后，堂哥被判无期。送他去监狱那天，他告诉我们，说堂嫂临死前，不断喊着村里某个男人的名字。堂哥认定，那晚跟堂嫂在一起的，一定就是这个男人。他说如果他能活着回来，一定要让这个男人血债血还。我们劝他，他说谁也劝他不住……

这则出轨的爱情，是否就已经结束了呢？我们都有些担心，但谁也无法预料，谁也没有什么可以阻止的办法。好在这件事刚刚发生，离堂哥回来（堂哥能否回来还是一个问号）的日子还很长，甚至漫无边际，倒也可以先放放心。

村里出轨的乡村爱情，有的以死亡为代价，有的则充满了戏剧性。不论何种情况，都具有较强的颠覆性——透过他们，我似乎看见了一种无比强大而又悲哀的内心。我甚至相信，那内心，一定会像一些蓬勃的野草，随着时间的风霜，在我记忆的刻度上岁岁枯荣……

第三辑

边地季节

Jiu Shi Guang

旧时光

某个暴露的鸟巢

我总会用很长的时间仔细地去想某个暴露的鸟巢，就像想生命中某件重大的往事。

一个鸟巢，它暴露与否，甚至是一个鸟巢本身，它在滚滚尘世中是微不足道的，完全可以没有必要进入一个人的视线。但事实是，每一次，在许多人事的烟尘之后，我都会看见一个鸟巢，一个暴露的鸟巢，紧贴在时间与心灵的深处——多少年了，它始终固执的眼神，有时让你怀疑它就是你身体的某个部分，是熟稔和陌生兼在的某种烙印。

鸟巢暴露出来，秋风就已经很深了，天空变得很低，云朵们仿佛要坠落下来，微雨湿湿的，一层薄薄的雾像隔年的纱巾，色泽灰暗，浮在山头上，视线里满是陈旧的气息。周围的事物纷纷隐去，只有一个鸟巢，却撞入了你的视线——它就静静地挂在某棵高大的树上，树叶纷纷褪尽，光秃秃的枝丫尽是岁月深处的青苍。它挂在那里，它会是怎样的一种表情呢？它是孤独并忧郁的吗？初见它的时候，你总会怔在那里，时间与心灵，均像秋风漫过的苍茫。一只鸟巢所引发的思绪，更增添了一缕秋风的迷惘。

作为一个鸟巢，当它还没有暴露出来时，尽管所有的枝叶将其覆盖，但它其实与人世挨得最近。那时候，每天都会有一只、两只或是更多的鸟，以一个鸟巢为圆心飞出飞进。它们从你头顶飞过，或是站在树枝上跟你默默对视，此时的鸟巢，俨然就是你的生活之一。但现在，当一个鸟巢暴露出来，鸟们已经迁徙而去，时间与心灵早已斑驳不堪；一个挂在枝头的鸟巢，仿佛被人世所抛弃似的，远远的，只一凝眸，就有一份沉沉的牵挂浮上来——但究竟牵挂什么呢？你其实也不太清楚，只是一缕细柔的情愫，顷刻间就如水漫漶了。

不过，我始终相信一个暴露的鸟巢，就像秋风一样，必定是有其寓意的。作为秋风中唯一呈现的事物，它一定不是偶然的——很多时候我甚至怀疑它还是某种神祇，昭告时间也启示心灵。它静静地挂在那里，四周一片空寂，生命全是消瘦与落寞的底色。它在那里，甚至极有可能还有了拯救的属性——在被秋风挟裹的大地上，在众生纷纷隐遁之时，一个暴露的鸟巢，就像一缕若隐若现的光，在坚持和留守的背后，擦亮某一隅天空。

记得我的祖父就喜欢一个人坐在老屋前的石礅上仰望某个暴露的鸟巢。老屋已经很老了，石墙上已经长出了一簇簇的青草，屋檐下淡黄的水迹，在墙壁上流了一地；那扇柴门，亦是容光向晚，岁月不居，一脸沧桑，低头抬头之间，尽是不忍目睹的颜色；石礅也已经很老了，至少也历经了百年的岁月，雕刻石礅的那个人，早已在风中走失；石刻的花纹，已经被石头重新淹没，人世的真相却如丝如缕地从那一层掩蔽中呈现出来，一点一滴地酝酿着岁月的荒寂与渺远；我的祖父也已经很老了，一双眼睛空荡荡的，几十年的人世烟云，此时都聚拢为对某个暴露的鸟巢的一望——我相信我的祖父一定是孤独并忧郁的，一个暴露的鸟巢，在空落的背景里，就像一个人的一生，到最后，一切都远走了，剩下的，最多是某种顾影自怜的回望。

我还相信在祖父的晚年，他所有的心事一定都是连着某个暴露的鸟巢的。这时候，子女们都已离开老屋另寻生活去了，尤其是他的两个儿子，亦即我的父亲与二叔，早已因为家事而反目并注定永成陌路。而他的老伴——我的祖母早已离世，只剩下他一个人，在一间空空的老屋下敷衍时日。那时候，他就这样一个人坐着，茫然地坐着，不说话，只是一边不断地仰着头，一边任嘴巴将烟斗里的一袋旱烟咂得生生地响。也因为他的沉默，又因为我对于他的畏怯，所以始终无从过问他的内心。我只是猜测，当祖父一个人坐在石礅上仰望鸟巢时，一个鸟巢的前世今生，在秋风中明明灭灭的瞬间，那些破碎的，或成堆漫过眼前的往事，或许就是他内心的真实写照了。

从祖父起，多年来我就一直想：一个暴露的鸟巢，它总是具备了人世的深度的。它就像某个深刻的隐喻，在它那里，时间与心灵都已经抵达了某个临界点，就像神祇发出的最后的声音——那么幽渺，却又那么真切；那么心碎，却又那么充满诱惑……就像一个迷离的梦境，引你陷入，并让你在自己的世界里不知所终。

那么，我一直看见的那个暴露的鸟巢，它是否就是祖父留在这个尘世的最后的那双眼睛呢？关于鸟巢，关于祖父，他们是不是早有合谋，要让我在经年的回眸里去想起并深深地理解某个词语所蕴藏的全部苍凉？

旧照片

多年后我总会仔细地端详某张旧照片，并在那里无语凝噎。

一张旧照片，在我看来，它无疑就是怀旧的一件衣衫。往事一旦落在照片上，岁月似乎就老去了一截，一直到最后，整个人就深陷了下去，时间与心灵均是持续下坠的过程。

一张旧照片，或许是在多年前，当你还是个不谙时光的孩子时，母亲有意无意地为你拍下的某个瞬间；也或许是在后来，你为你自己留下的一份得失；再或者是有一天，当你突然发现父母老了，你就为他们记录下这转瞬就要消失的容颜……一张旧照片的诞生，弥漫的，其实都是生死的情愫。

我一直珍藏着这样一张旧照片：照片是黑白的，姐姐跟我、弟弟还有大妹，四个半大孩子站成一排，手拉着手（那时我最小的妹妹还没有出生，要不在照片的某一端，也该还有她的身影），一个个虽然蓬头垢面，穿的也极为简单和破烂，却都笑得灿烂无比。照片的背景是我们家的老房子：一隅茅草和一扇低矮的木门……这是母亲在某年请某个走乡串寨的摄影师拍下的。这张照片先是放在我们家那个木制的相框里，后来我将它取了出来，不论走到哪里都随身携带。有空的时候，还会把它拿出来，仔细端详一番，每一次都会想起儿时一家人相携相依的生活，想起如今各散四方的兄弟姐妹，还想起母亲留在一张照片上的心思和她垂垂老去的时光，以及无法停留的人事，每一次都忍不住嘘唏。

尤其值得一提的是，这同时也是我们儿时唯一的一张照片。在这张照片之前与之后，母亲从未给我们拍过照，不是她不想拍，实在是经济不允许（当然也或许是对一张照片的不在意）。不独母亲这样，在很多岁月里，一张照片对村人而言均是很奢侈的一件事物，很多村人终其一生都没有留下任何一张照片。譬如我的祖父祖母，还有外祖母，在他们逝去之后，每次想再看看他们的模样时，均只能靠想象，每一扇记忆之门都模糊不堪——那时候我就想，一张旧照片的缺失，它还深烙着岁月的疼痛，时间与心灵在这里均是一些忧伤的说辞。

我至今仔细珍藏的还有另一张旧照片，照片是嵌在身份证上的，他是我的姨父。姨父跟我很要好，在他生前，每遇困难时，必定都要找我，一直到他临去世之前，更是将我视为唯一可以托付后事的人。在姨父去世的当月，他的妻子和大儿子因为出车祸一起死亡，留下3个孙子，最大的仅仅6岁。那时候，姨父已经身患癌症卧床不起，在勉强支撑着把丧事办完后，终于再也支持不住，不几天就跟着妻儿谢世了。而最让我难忘的是，姨父头天晚上就已经说不出话了，但一直未断气，其间他的很多至亲呼唤他，他始终没有任何反应。当第二天早上我赶到，并对着他说出我的名字时，他竟然一下子发出了声音，并挣扎着想要坐起来——他分明是想跟我说什么，但他终于无法说话了，他就这样强撑了几个小时，带着一句没有说出的话离开了人世。

很多时候，我都会静静地看着身份证上的姨父，总想着一个人最后的遗憾、无奈与绝望。我总是想，那一份情愫，对一个弥留之际的人而言，胜似风霜刀剑，一点点切割的，全是身陷陌路的疼痛；我还想，从一张旧照片起，这种疼痛还将无限蔓延，它让另一个人懂得，时间与心灵的疼痛，必定是摧毁性的，所有的事情，较之而言，都将显得微不足道。

大约是某个雪夜，闲着无事时，我还无意中翻出了一张旧照片：照片已经褪色，一片潮湿，就像落在纸上的模糊的点点泪痕。只是非常凑巧的是，照片的主角，跟我一起从小长大的某个朋友，早在十年前就因为车祸死亡；而拍下此照片的另一个朋友，也早已因病逝去。端详它的时候，我长久地不说一句话，总觉得大雪覆盖之下，一片苍茫空寂之中，时间与心灵均是被挟裹的窒息；而更让我感慨的是，当我有一天很郑重地想将这张照片送给他的妻子时，她却没有表现出热情，虽没拒绝，却轻描淡写的就不了了之了。我无从知道她放弃收藏一张旧照片的理由，但事件本身让我觉得无限惘然，总觉得在时间与心灵之下，一个人的情感世界，永远是最复杂难解的事物。

而我似乎也就懂得，一张旧照片，当它切入你的世界，你仿佛就嗅到了岁月的遥远与荒芜。在那里，你仿佛窥到了一条多年前的小径，往事似风吹拂似水弥漫，只是早已杂草丛生，苔痕遍布，就像时间与心灵，在斑驳的印象里一片狼藉，并终于无法辨认了。就像赫拉克利特说的“人不可能两次踏进同一条河流”，每个人的河流，永远只属于自己，它就流淌在那无法复制的时光里。

手艺人的时光

多年后，他们总会自从前的时光里一次次跳出来，一次次拍着我的肩头，并轻轻地“喂”一声，不用说话，我早已经泪流满面。

他们都是从前乡村的手艺人，有的业已故去多年，有的尚在人世，不过都已孑孑老去。他们从前的影子，常常会在某个时刻，在我不经意时，趁我不设防时，就像梦一样袭击了我。他们在我的梦里，就像时光与心灵的某个侧影，暗喻某些秘密的路途。

从前的乡村，手艺人是被人们所敬仰着的，一句“天干饿不死手艺人”的说辞，近乎箴言，被世代相传。几乎每一个村人，从懂事开始，就渴盼着做一个手艺人；几乎每一个村人，都不同程度地做过关于手艺人的梦。但实际的情形是，或许因为天赋，也或许因为各自家庭经济等条件的限制，并不是每个村人都能成为手艺人的，对更多的村人而言，手艺人大多只是一个梦，留在日子之上供自己遐想，只有那少数几个，经过一番投入与磨炼，有幸成了手艺人，也有幸成了乡村敬仰的对象。

这种梦，在我的堂祖母那里尤其明晰。

堂祖母生有两个儿子。等不到儿子们真正成年，就变卖家产，分别拜了石匠与木匠为师。在两个儿子学成后的很多年月，堂祖母内心的荣耀达到了极致——无论在她自己还是村人看来，一个“石木二匠”都囊括了的家庭，意味着人人都渴望的门楣的振兴，烟火的鼎盛。

这样的荣耀一直持续到堂祖母离世，一直到她离世，时光的格局依然停留在从前的日子里，对乡村手艺人的敬仰依旧没有消减。

我想堂祖母一定是幸福的，在她的生命里，并没有经历过时光的嬗变，一切都是平静的，一切都是照旧的，时间与心灵的深处，是现世的安稳和岁月的静好。

村里的一个铁匠，却没有堂祖母这般幸运。就在他抛却一切，费尽心思将毕生所学全部传授给儿子时，时光却已经发生了变化——从前乡村手艺人的辉煌，已经急转而下，几乎是转眼之间，打工的潮流就挟裹并覆盖了一切，一切手艺的收入，都已经不及打工所带来的实惠。于是乎，就像明日黄花、美人迟暮，一切的手艺，都纷纷凋落了。

这时候，不单铁匠是落寞的，其实我也是落寞的。我的幼年时代，大多的时间均是在铁匠铺度过的。那时候的日子清闲而又悠长，为了有效地打发时间，我总是跟着很多人一起聚集到铁匠铺消磨时日。通常是，一边是铁匠叮叮当当地敲打着他的铁具，一边是一大帮闲人，围坐在铁匠铺的一角，在一副纸牌或一张棋盘上不断厮杀。到最后，打铁的、消闲的就成了一个整体，如果偶尔缺了谁，剩下的一方就会觉得少了些什么，心里还会生出莫名的失落与牵挂。所以我总是想，在消失的铁匠铺背后，我们所为之落寞的，并不仅仅是一份经济上的得失，或许还有一份不复再来的质朴亲切的时光让人悼挽。

不过，在从前的乡村，真正让我向往的手艺，并不是以上这些。我最向往的，是像大祖父一样的手艺人。大祖父是村里唯一进过私塾并学有所成的人，每逢春节，几乎每家每户都要请他前去书写春联。印象中，我最爱看的就是大祖父先挽起袖口，然后深吸一口气，最后悬腕提笔，再下去就看见他笔走龙蛇。到一副春联尘埃落定时，他则双目凝神，犹如一个禅定的老僧，少顷，微笑就如花朵般在他苍老的脸上荡漾……我一直以为在所有的乡村手艺人中，唯有大祖父是最潇洒也最值得羡慕的。后来，我果真学起了大祖父的手艺，在乡村教书的几年里，还像大祖父一样为村人写起了春联……

只是让我预料不到的是，跟其他手艺一样，大祖父跟我的手艺，很快也式微了。如今的乡村，早已不在意一副春联的位置，有继续贴春联的，大多也仅是胡乱地在街上买下千人一面的印刷体，其间的深意与韵味，早已变成枯燥的一种敷衍和应付。时间与心灵行走至此，就像经冬的一池死水，早已没了涟漪，即使春风，也掀不起丝毫的微澜了。

多年前读歌德的《浮士德》，就记住了这几句："假如我对某一瞬间说 / 请停住，你真美丽 / 你就可以将我套上枷锁 / 那时我情愿将自己毁灭……"我一直将此视为对美的义无反顾的某种殉情。多年之后，面对消失的乡村手艺人，我又一次想起这几句，并不止一次猜想："是否会有某个人，也企望某一瞬美丽的停留并甘愿为之埋葬自己呢？"

答案肯定是不确定的，就像时间与心灵，永远都是一个秘密。

Chun Tian De An Shi

春天的暗示

风语

我觉得只剩下风了——有点夸张，却是事实。风是空的，村子更是空的，包括一间房子。没人住的房子，一间间面目苍老，枯发丛生，经年的气息一览无余。风过处，无遮无拦，风一溜烟就没了。我想风一定是沮丧的。失去依傍，生命就少了光焰，温暖向来都努力挂靠心灵。

风吹过池塘，水上应该有几朵荷的，至少要有去秋的几根枯枝，漾出几缕春容。再或者有一两只鹅，浮在树荫下，伸出一对红掌，诱惑春色。但这些都没有。池塘静悄悄的，水也愣在那里，面目凝滞，陈旧如昨夜的肌肤。

关于风，我认为这个春天，它比以往任何时候都落寞。风一个人在村里乱窜，找不到方向。先前，我固执地认为，风是借着炊烟指路的。炊烟是风嵌在村里的指南针。曾经很多年，我从外面归来，寻着炊烟，才找到回家的路。但现在，炊烟已随村人离去——风或许也成了迷路的孩子？

风中很少有人了，包括喜欢跑在风里的孩子。母亲说，只要稍稍有点劳力的，都外出打工了。我则想，他们会知风的寂寞么？一缕风，是否也会让他们寻到回家的路？——这样想，便发现有一丝忧伤，不易察觉的忧伤，在骨头里若明若暗。再细看时，荒草覆路，道途空落，旧年的一个鞋印，在河滩上零落如梦。没人点缀的风，实在不像风的样子——你甚至看不见它的一个眼神，它就隐没了。它的心事，混沌，不着边际，在另一个人的身上扑朔迷离。看来，任何事物都需要陪衬，孤独的存在，更多是看不见的死亡。

不过，春天还是有了踪影。草木们一点点葱茏起来，阳光清水般干净，蜜蜂与花朵，还有蝴蝶，正欲现身。一只布谷，从山野深处，唱出了第一个音符——有些慵懒、陈旧，却也张开难得的亮色。蚂蚁成群结队，向春天的腹地迈进。只是，它们不知道村子已成为孤岛，时光是陈旧的道具。人与物，甚至人与人，总是隔膜的，两种不同的内心，彼此疏离的世界。

风从树梢吹过，吹过枝丫间的鸟巢。鸟巢仅有一个，有些突兀，像一块涂上去的补丁或疮疤，它可能是乌鸦的，可能是喜鹊的，再可能是其他鸟类的，但一定是去年的。至于鸟们今年还来不来，则是一个问号。问号悬挂在村子上空，像一声幽叹，也像某种凭吊，或者期待——它有点不确定，就像此时的村子，面对离去的村人，无奈之下，是爬满内心的惶惑。

风从我的指间吹过——时光分明已在此蛰居多年。我要说，当风在指间滑落，我就发觉自己一直没离开过风。我是风中长大的孩子，风喂养了我的骨头与灵魂。很多年，我迎着风走遍了村子的每寸土地，我能叫出所有植物和鸟雀的名字。闭上眼睛，我也知道哪里有一块石头、一处水洼，哪里有一棵树，哪里长满荆棘与藤蔓，哪里有八月最熟最甜的地瓜，哪里有少见的野鸡和野兔出没。尤其是，很多次，我都在风中拾到一支笔。母亲觉得这一事件充满巫味，她固执地认为，能拾到笔的孩子，一定是幸运的孩子。母亲笃信，我这一生，一定会借助一支笔存活。这个细节，它像某种祝福，多年来一直被我的身体珍藏。

终于正式说到我的母亲了。我承认，回到村子的刹那，我就觉得母亲和风密不可分了。像一幅幽暗曲折的画——母亲一个人坐在石阶上，风吹起她斑白的鬓发，目光空洞，像一张陈年的白纸，铺开看不见的心事。母亲一定是有心事的。这么多年，一个人守着老去的屋子，一个人看风一点点吹动檐下的蛛网，心也一点点沉陷，时光会是怎样的事物呢？——我深信，即使穷尽一生，母亲也不一定懂得其间的寓意。风呈给她的，最多是一张老照片，那些霉绿的陈香，抬头或低眉之际，如水弥漫，如此而已。

时光终究是一个秘密——关于风，我想，它更像母亲身上的某个胎记。

荒草记

最先想起的，竟然是《诗经》中的两句：“野有蔓草，零露漙兮；有美一人，清扬婉兮。”只不过，那时的景象极富生机。蔓草往上，有女子美目顾盼爱情，一脸灿烂。不像现在，一地苍黄，除了荒草，只有荒草。

现在，我也站在村子的野外，时间是多年后的春天。按往年的惯例，这片野地，早已是油菜花端上的盛宴。一朵朵的黄，铺天盖地，阳光涂上一层金属的颜色，暖意像一幅水墨，流淌在所有的方向。但这已经留给记忆或想象了。作为逝去的事物，在蔓草间，它更像引人忧郁的媒介。

看得出，土地们已被遗弃多时。簇生的荒草，应该是去年，或者前年，甚至更早就迁徙而来了。一簇簇的，尽是些经历时间的面目；一簇簇的，侵入每一寸土地，包括道路；一簇簇的，在春天和村子的视线里，像一些陈年旧事，神态漂浮。

关于草，现在说起它，我竟恍惚不已。从《诗经》起，经唐诗宋词，到我自己，一路走来，草一直像时间设置的某个隐喻——很多年，我觉得草就长在人们的身体里，一簇簇的草，缠绕着欢愉或悲伤。比如：“离离原上草，一岁一枯荣”，在这里，草是永不凋谢的生命之喻；又如：“朱雀桥边野草花，乌衣巷口夕阳斜”，草在这里，是人世代谢的沧桑；再如最动情的这句：“细雨湿流光，芳草年年与恨长。”流年之下，芳草与离恨齐飞，别梦共惆怅一色。人世与草的纠缠，太多太碎，不容细举。总之，草更像时间的场，草长在那里，就有了生命的气息。

只不过，现在，那气息，已归于沉寂。

很多年，我也是随草而生的。在村里，草是我最为亲近的植物。我勉强能背动箩筐时，就学会了与草对话。我每天都要割草，以喂养用来耕地的老牛。那时，老牛是被父亲捧在掌上的，容不得质疑和背叛。所以从春到冬，草几乎是我四季的旅程。比之于一头牛和一簇草，我的生命薄如一张纸，我就像身陷其中的奴隶，不能自拔。有一年夏天，我在草地上遇到一个中年男人，他用鄙夷和鼓励的口吻对我说：“草算什么东西？你要走到山外去。”然后他快速离去，留下一个决然的转身，连同漫天飞舞的蜻蜓，从此挂在我眼里。我始终不知道他是谁，但这句掷地有声的话一直让我心烦意乱。导致后来，很多次，我都梦想走出一片草地，一直走到看不见草和牛的地方……这很像个梦境，它自始至终让我在精神的梦游中，一次次慰藉挟裹自身的现实，安抚躁动的肉体与灵魂。

时间本身就是一句偈语。多年后，当我真的从山外归来，中年男人的声音仿佛某种预言，在一地荒草间响彻村野。我不得不接受一个现实：草们走到这里，已是末路。不单我遗弃了它们，村人也遗弃了它们。一条末路，或许就是心与情的尽头。不由得想起了阮籍。据说他喝醉后，喜欢在末路上痛哭。这么多年，我是否真理解了他哭的真味呢？现在，我惊异地发现，那一声痛哭，就像废墟中的罂粟，绚丽之下，毒汁射向春天的心脏。

荒草之侧，有流水之声，却不见流水的身子。不知名的草，纷繁芜杂，相互渗透，从两岸汹涌而下，一直覆到水面上，像一张人世的网，遮蔽了一个清晰的世界。此岸到彼岸，石桥早已不见，对岸已在回首和遥望中。一只点水雀，固执地在水声上留守，企图寻觅过去的点点碧波，只不知，面对从前，它是否也如我一般怅然？

荒草中央，却耸立起一座烟囱，炼焦炭的烟囱，高耸入云，宛若悬空的利剑。煤烟肆虐，朵朵黑色的“蘑菇”升起。烟囱立在那里，高傲，不可一世，像一个入侵者，也像某种昭告。君临的气势，压向村子，往下，荒草一路匍匐，湿风细雨飘过，呜咽遍耳……

关于荒草，至此我才明白，它一直以逃亡的姿势，让春天窥到了时间的方向。

门

摄影大师比尔·布兰德有一幅关于门的作品：一个层次纵深的房间，房间里一扇微微开启的门，占据了几乎从左到右的全部画面。最右边开出一条缝，里面一片暗黑，从中探出一个中年男人的大半张脸，一双忧郁的眼睛向外望着，门内门外，瞬间变得诡秘无比。

这是一次艺术与现实的变形与失重，它定格了比尔·布兰德内心的某种秩序。

多年后我想的则是，一扇门，在春天会处于怎样的位置呢？

在春天，一扇门静静地立在那里。门是木门，上了年纪，没有漆色，或许先前有的，只是已被时间洗去。时间的一大喜好，就是一次次跟每一张脸较劲，脸是时间最持久的敌人。在春天，一扇门的脸庞，它显然是一种呈现，默不作声中，我却听到内心的某种汹涌。

门是紧闭着的，门上还挂了一把铁锁。门的两侧，隐约可见往年贴上去的对联，在纸张的残片间，富贵平安的字样依稀可辨，一份愿望露出时间的本来面目。只是，这个春天，它分明是陌生的——在人去门关的时候，一份愿望，怕也像一张脸，不复是先前的心情了。

石阶之下，野草争相从暗绿的青苔上涌出。檐上的雨滴，固定地垂落在某块石头上，像一根扯不断的直线。石头悄然凹下去，一个浅浅的斛凸显出来。水滴石穿的隐喻，混在野草和青苔之间，仿佛混乱的不同旅程，一起丈量一扇门与春天的距离。

门前的樱桃树，已露出一层绒绒的细白。不远的小山冈上，金黄色的花朵一路蔓延。鸟逐渐多了起来。虽然空中总是落着一层湿湿的雨丝，看得出，春天还是有些按捺不住了。只是不知道，一扇门，它在春天，是否也有波澜涌动呢？

我突然就有些怅惘了。

我知道，多年来，我一直在想着这样的一扇门。

很多年，我总爱推开一扇暗红色的木门。木门很苍老，仿佛水洗过似的，细密清晰的纹理丝毫没有隐藏。只不过，那时我并没有触摸到藏在其间的奥秘，并不知那是时间的另一种阅读。时间对我而言，一直显得遥远，它最多是来自身体的某种提醒，但转瞬之间，又不自觉地消失殆尽。

木门内住着我的祖父，还有祖母。到我有记忆时，他们似乎就很苍老了。他们一生没有照片，我不曾见过他们年轻时的样子，以至于我始终认为，从出生起，他们一直就这样了——面皮皲裂，目光呆滞，两鬓带霜，说话一声比一声慢，时间显得拖沓而又漫长。这样的感觉持续了很多年，一直到他们相继谢世，我才惊觉一扇门的短暂和脆弱。

再后来，门后又是我的父母了。这不得不再次涉及时间。很多时候，我甚至认为，一扇门，它其实就是时间的全部现场。当我们推开一扇门，再推开一扇门，又推开另一扇门时，时间不经意地就已原形毕露——它像一个陷阱，在不设防中，你就坠落其间，成为又一个猎物。

父母至今在村里，守着一扇门过活。门也很老了，每天，他们推开一扇门，或者关上一扇门，时间就静静地关闭或开启了。在他们而言，关闭或开启，从本质上说，都在接近同一件事物。每次回来，我都惧怕推开或关上那扇门。我知道，每重复一次这样的动作，时光就将向屋檐下的蛛网靠近一步——结网的过程，其实就是时间消失的过程。我知道我在担心什么。那是一种愿望，更是一种无奈。

不过，关于门，在这个春天，它分明已超出了一个人的范畴。

事实是，当春天一步步向深处走去时，村人纷纷离去，留下一扇又一扇的门，众多的门，一起紧紧关闭。除了偶尔的一只鸟雀外，再没有任何一个人，愿意站立其后窥视。一扇门的意义已经面无表情，心若死灰。

我想门一定是遭遇意外了，关于门的隐喻，一定被时间所颠覆了。这样的结局，或许早就在比尔·布兰德的视觉中开始了。在他那里，来自时间的启示，艺术与现实绽开的两极，早已暗示了一扇门的宿命。

它比任何人的内心，都要丰富和离奇得多。

桃之夭夭

一棵树，一棵开花的桃树，它应该长在什么地方呢？

我想，应该有潺潺而下的流水，流水清澈安静，就像一句挂在石壁上的情诗，历经千年；流水之上，应该有阳光和湛蓝的天空，还要有翔集于此的各色鸟类，宛若镶嵌其上的明眸；更主要的还要有一女子，这女子必定面若桃花，其华灼灼；女子一定唱着一首古老的歌谣，歌谣必定与爱情有关，她和那首歌，就住在一朵桃花的心窝上。

这可能是一种想象，或索性就是受了《诗经》的启发。在《诗经》里，就有“桃之夭夭，灼灼其华”的关于桃树的描述。一棵桃树的烙印，毕竟由来已久。

不过，我所看见的这棵桃树，这棵开花的桃树，早已不是《诗经》里的那棵了。在时间之下，它如今已面目全非。它一个人待在那里，四周挤满了厂房。我猜想先前一定是有很多树的，只是其他树后来被砍了，只留下了它。它一个人待在那里，或许还时时想起先前的热闹。厂房是临时搭起来的，简易而杂乱，唯有抢占地盘的，才会露出这种慌乱与无序。“抢占”是个很不雅的词，但如今这个寸土寸金的小城，四处都是它的身影。厂房是制水泥砖的，水泥的尘屑借助风的翅膀四处飞扬；残碎的石片和胶纸塞满了桃树的根部，不见一丝泥土，野草也深隐其下；更有那机器的声音、车子喇叭的声音罩在头上，穿过身子，仿佛一块爬满皱褶的布，上面是狼藉不堪的画面。

花朵却是熠熠生辉的。一朵朵的红，还像先前一样紧贴枝头，向着春光执着地绽放；一朵朵的红，像是一些青春的眉眼，虽然尘埃紧逼，并不为之失色。初见之下，总让人想起生命的一份坚持与坚毅，稍后又觉得这样理解有些浅了。其实不论何种坚持与坚毅，均是来自内心的安静。安静是一副清凉剂，它能慰藉所有的灵魂。只可惜很多人，并不能窥破其间的秘密。

不过，只剩下一棵树，终究是寂寞的。对最后的留守者而言，安静更像一抹深沉的颜色，或者一曲凉如暗夜的音乐，让我们的内心更加孤独。事实上，这个春天，在一棵树以及一树桃花的身上，春风和阳光分明已是往年的事；流水与鸟类，也躲在了一首古老的情诗背后——这是否就是所谓的沦落呢？这样想，便有了几分凄惶——为一棵树，以及某种时间与精神的遗失。

至此，我终于发现，关于一棵桃树，一棵开花的桃树，它一定是住进了我的身体，就像从前的某个故人，让我不止一次地怀想那些熟稔并亲切的时光。

灯芯草

太阳像一团微温的光，从房顶的西南方斜斜落下，铺散在春天午后的菜地上。地里去年的油菜，现在开着黄而细碎的花朵；各色的野草也在那光焰的脊背上懒懒地伸着身子——实际上是有点迫不及待；一只白蝴蝶从菜花上经过，我记得那是它去年留下的路；风则像个迷途者，四处乱窜，秩序有些纷乱——众生共舞的瞬间，视觉充满了耀眼的障碍。

就在杂草间，我意外地看见了一棵灯芯草。它细细的，柔柔的，夹在众草之间，显出几分卑微的羞怯。风吹过，它在那里微微起伏，像扬着什么手势，又像在暗示什么。我忍不住一惊。但一棵草会有什么可惊奇的呢？不见灯芯草，已有多年。多年前，在我生活过的那个乡村，灯芯草总是聚簇而生的，在村野的某个角落，一不小心，你就看见了它们——不论是向着太阳还是风，它们无一例外的都安静无比，就像一群默默列队的神祇，凝眸天堂。

在我的乡村，灯芯草虽然普遍，却并不是普通的草。据说它能通神避邪，只要是认为小孩丢了魂魄的，就要用它缠住小孩的身子，然后开始一种名叫“喊魂”的仪式。而“喊魂”必定选在某个夜晚，地点则是认为小孩魂魄丢失的某处荒野，也一定有一轮光光的月亮，远山一片岑寂，间或还有长长短短的蛐蛐声，再加上那有几分凄切的喊叫声，这样的场景制造出一种苍凉如水的旋律，很多年一直弥漫在你的心上。而一棵灯芯草，也必定以其神秘的面目，让你回想经年。

无独有偶，后来在但丁的《神曲》里，竟然读到与此相似的场景：在一片黑暗的森林之中，当罪恶的花朵遍地丛生时，一棵灯芯草却纤尘不染，茕茕独立。在那里，我还知道，从地狱往天堂上升的灵魂，都要用它做成一根围腰的带子；众花堕落之际，一棵灯芯草，照亮了一条路……

一棵灯芯草，或许就是从一卷古诗里流落到民间的神祇。在温暖众生的路上，一棵灯芯草，分明被赋予了不同寻常的意义。

这样想，忍不住又看了看那棵灯芯草——它还在那里，它始终微微起伏，却一脸安静，它显然并不知道发生在我身上的所有思想；而我，在杂草中，在风的叶脉上，也始终无法窥见它的心事。至于那些花朵、蝴蝶和阳光，我想，它们更像是诗歌有意制造的一种遮蔽。

只是有一点可以确定，似乎有一种尘封已久的温暖，正爬满通往我内心的每一条道路。

Wo Gen Yi Kuai Tu Di De Jiu Ge

我跟一块土地的纠葛

一

这应该就是我记忆的开端——1978 年，我 5 岁，跟着父亲，父亲站在某块岩石上，默默地打量那些枯败的庄稼，然后摇摇头，掏出一支又一支的劣质香烟，不断从喉咙里吞进烟雾又吐出烟雾……我无法知道父亲在想什么。但现在，当我开始回忆，当我试图在 30 多年的岁月里勾勒我跟一块土地的纠葛，这个场景——一幅定格的画面，就成了我抵达某种永恒的端口。

进入——从父亲的表情开始，从土地开始。我确信，1978 年，当父亲在不断燃起又不断熄灭的烟卷中麻木自己时，他一定是在为一块土地发愁——土地的集体所有制、“大集体”、“大锅饭”，导致群众生产积极性的低落，总是低产的庄稼和填不饱肚子的现实，肉体与精神的困惑和迷茫，一定让父亲不止一次幻想和叹息。父亲是个农民，他全部的体温只能紧贴土地——风调雨顺和五谷丰登，便是他生命最温暖最熨帖的姿态。

然而，进入——在一块土地的深处，1978年，我不知道，我其实已置身一场伟大的关于土地的历史变革中，党的十一届三中全会，让父亲和乡亲们，迎来了生命的涅槃……

我无法记述那场变革的宏大背景，但我无疑记住了一些细节——父亲和乡亲们，拿着丈量土地的工具，从一块土地进入另一块土地，从一户人家的名字到另一户人家的名字……分完土地后，他们一大群人就坐在田埂上，开始抽烟和大声说话，那种开怀和爽朗的笑，始终感染着我——一种蓬勃的生命激情，荡满了整个村庄！

此后，父亲告诉我，说我们家真正有了土地，说只要我们放勤快一点，就不会饿肚子了。父亲是喜悦的——父亲很精神地靠在竹制的躺椅上，悠闲地吐着烟圈，一个，又一个，圆圆的，父亲甚至向我炫耀，他说，你看，后面的烟圈正从前面的烟圈中穿过呢……我不知道父亲有没有怀疑过我能否懂得他的喜悦，一场历史的变革，留在我心里的，其实仅是一些零碎的热闹——我5岁的年龄，根本无法领会一块土地的意义。

我对一块土地的进入，源于后来对一头牛的审视。

多年后我一直记得这样的场景——向晚的夕阳一片彤红，山雀叽叽喳喳地在树与树之间乱飞，归巢的企图与欲望明显搅乱了乡村黄昏的秩序。我却没有丝毫的慌乱。我知道，此时，我必须握着父亲递过来的镰刀出发。这种姿势，是我既定的规则。我绝对不能有任何的破坏行为。在父亲眼里，牛与土地紧密相连，伺候一头牛，就等于伺候了土地……

所以我别无选择，只是狠狠地往嘴里吞进了一滴溢出来的泪。我至今不知道这是意味着内心的委屈还是其他，但有一个细节，让我彻底感受了父亲对一块土地的深情厚谊——就在我极不情愿之时，忍不住就骂了起来，我说狗日的牛呵，我还不如你！我的声音生硬且荒寒，像一块横空砸来的石头。父亲如弹簧般回过头来，他显然被我吓了一跳，愣愣地看着我，目光怪怪的。半晌，他结结巴巴地说："你，你，你他妈说什么屁话？"然后是沉默，长久的沉默，伴着父亲一滴浑浊的泪……从此，我似乎隐约地懂得，一块土地之于父亲，如同肉体之于生命，如同神性的刻度，需要我用一生的时间去揣摩与丈量！

二

我永远弄不明白，后来，父亲为什么会突然痛恨起土地来。

那是一个六月的午后，在一块晒得近乎干裂的土地上，父亲抬头看了看依然在绽放着烈焰的太阳和地里枯黄的庄稼后，就狠狠地对我挤出了一句话："你必须离开这里，必须……"父亲没有说出对土地的恨，但从他的满面怒容，我就知道他一定怀着深深的仇恨——一场持续不断的干旱，已然摧毁了他建立在土地上的希望！

父亲原本希望我能在土地上完成他的接力。他就曾因我跟一块土地的疏离涌起深深的失望——在那些春天的地块上，我总用一只手摩挲着另一只手，疼痛漫过十指的每一个关节，我总看见有黑色的液体，正在血管里涌动。我总想扔下锄头——在手掌上的血泡里停留，我总是无法完成对一块土地的进入，总在用一种逃离的姿势跟地块对话。但父亲总是不断催我加快速度，不断重复说，春天不播种，秋天就没有收获呢。父亲不断地弯下腰去，那些地块，开始分崩离析……而当父亲终于发现我手掌上的血泡后，就说我细皮嫩肉，不像个男人，对我不屑一顾……

后来我对父亲说，我在学校获得了一等奖学金，我的成绩是最好的。也许通过读书，我能找到另外的生活方式。但父亲并不在乎。相对一块土地而言，我的学习成绩遥远而又虚幻——他开始叫我学习泡稻谷种——这是春天，父亲说，清明已过，谷雨到来，必须泡种，再不泡种，就要耽误农时了。我跟在父亲身后，看着他从囤箩里抬出稻谷种，倒进水缸，泡湿后再取出来，再用树叶盖上……父亲一直都认定，只有一块土地，才是我立身的根本。

但这个六月，在一场持续的干旱后，我却意外地听到了父亲对一块土地的痛恨。我永远不会知道，当父亲决定要把我“驱逐”时，他是否想起曾经（也许也是永恒的）对于一块土地刻骨铭心的皈依。

三

我想起了一盏煤油灯。现在，当我就要叙述我对一块土地的背叛之旅，就想起了它——我始终认定，正是它，在那些漆黑的夜晚照着我走进每一册书本，继而照着我一步步离开了土地。

1984 年，我 11 岁，到乡中学读书。乡中学离家有 6 里路，走读是不可能的，特别是冬天更不可能。所以父亲四处联系寝室让我住校。那时学校背后是供销社，供销社有很多空房子，父亲找了关系，让我住进了其中一间。当父亲领着我通过那个幽深的长长的过道时，整座楼房静悄悄的，过道两边的房间门无一例外地挂着一把冰冷的铁锁，显然已经废弃多年，没有一点人气。我涌起了深深的恐惧，甚至能感觉到冷风把头发竖起来和穿透脊背的力度。特别是当父亲终于为我铺好床铺，最后消失在过道那头时，我平生第一次感觉到了毛骨悚然——第一次的离家，就这样交付给了一场漫无边际的恐怖与惶惑。

是夜，我点亮了煤油灯。那是一盏用墨水瓶制作的煤油灯，灯管用新的铝片制成，灯焰是新的白纸，父亲把它搓成一根细小的绳，从灯管里穿过，最后露出短短的一截。父亲叮嘱我，说灯焰不要露出太多，要节约用油，能照亮就行。但当我把它点燃，当那微弱的光在漆黑的夜里显得微不足道时，我还是忍不住拔了拔灯焰——我不知道这一个细节是为了消除当时的恐惧还是寄托着某种祈愿，只是，当看见那微弱的光焰不断变得明亮，突然就有了勇气和力量。我就想，一定要在这盏煤油灯的照耀之下，完成父亲对我的“驱逐”……

而现在，此刻，当我在一盏煤油灯的光影里打捞那些时间的细节，竟然就有一种哭泣的冲动，不是因为自己在一盏煤油灯下的义无反顾，而是因为我还想起了一个有关土地的片断——当一场连绵的春雨不断地飘落，我就听到了我的同学（校长的儿子）对雨天的痛骂。他说：“这个狗日的天，怎么天天下雨，害得老子的鞋子总是沾满泥巴……”其时，我正想着父亲们在雨里劳作的身影，忍不住就反驳了他一句，我说：“如果不下雨，如果农民种不下庄稼，你们这些居民户口吃什么……”我几乎是愤怒甚至带着仇恨的，总觉得自己对于土地的感情遭到了他的亵渎。他也显然被我的无理激怒了，跳过来，左手揪住我的衣领，右手的拳头就砸在了我的鼻子上，紧接着一串鲜红的血液就从鼻孔里流淌出来……这次打架最后以我向他道歉而告终。我也自认理亏，因为我明白他咒骂雨天的言行，其实跟我并不相关。只是多年后，我却一直为自己情不自禁对一场雨天的维护涌起深深的感动——那其实是对一块土地的依恋和忧伤！

但又会有谁知道呢？包括我在内，当我在一盏煤油灯下企图背叛土地时，我又能真正明白这矛盾的、模糊的情结么？

四

我终于离开了土地。

1988 年的秋天，在补习了一年初三后，我终于考取了师范。

获悉考分上线的消息时，我正在村口的十字路口晃悠。密密麻麻的茁壮的玉米正在渐起的秋风里散发着成熟的气息，但我并没有留心这一切。在这里晃悠，我觉得烦躁无比——我一直在焦急地等待今年师范划线的情况。我想去打听消息，但不知该往哪里去，我在十字路口不断徘徊，一会想去学校，一会又想去县城……恰好同学高斌从这里经过，他刚从县城回来，并说他跟我的考分都上了录取线。我兴奋无比，一口气就往父母劳作的杨柳田跑去。父亲也是兴奋的，他从秧田里直起身子，手中握着一株刚刚拔起来的稗草，脸上泛着柔和的笑。父亲显然更是激动的，除了笑外，他几乎说不出话，这种状态一直持续了大约几分钟。最后，父亲只是说了一句，在长长地吁了一口气后，他说："你终于可以离开土地了……"

我也终于如释重负。尽管我不是很明白父亲跟土地究竟发生了怎样的隔阂、冲突及至仇恨，但一想到自己柔弱的身板可以不用再对一块土地进入时，还是感觉到了近乎逃脱一劫的喜悦……

这年的秋天，父亲第一次为我买了一双皮鞋，把我送出了村庄。因为是第一次穿皮鞋，而且是高跟的，所以我不止一次蹩了双脚，最后是一瘸一拐上了客车……但我终究是高兴的，当村庄的一块块土地从车窗外不断后退，当我坐在另一个县城宽敞明亮的教室里开始人生的另一种航向，当我想起那些同龄的伙伴只能如父辈一样把自己的生命紧贴土地时，我甚至替自己庆幸起来……

只是我永远没有料到，多年后，当我与一块土地渐行渐远时，我却会一次次在键盘上敲打着与土地相关的文字，那种近乎挽歌般的眷念和悲悼，一次次让我想要重新走进土地，在一块土地的深处重新打量那些走失的时光……

五

事实是，30多年后的今天，我就无数次回到村里的土地上。

我有时一个人，有时带着女儿，我总喜欢回到村里，然后坐在某块岩石或者站在某条田埂上，静静看着熟悉而又陌生的土地。我其实并不知道要在这里寻找什么——曾经的贫穷与落后，温暖与忧伤，失落与安慰，背叛与皈依，其实，我并不需要在这里得到佐证或者诠释。我静静地站在这里，目光空洞而又苍茫，过去、现在，还有将来，就像一些隐秘的时空隧道，安置我此时的四处奔逐！沉沦或者升华，我俨然只剩一个风干的影子。

父母至今仍在这里劳作——他们的固执和倔强让我知晓一块土

地在他们内心的根深蒂固。我曾劝他们跟我到城里去，但他们都明确表示离不开土地，即使因为年老体衰只能在上面种下一些易于耕作的农作物，仍然舍不得放弃。这一直让我费解，一方面他们不愿意让我继续在这里刨食，另一方面却又对这里不离不弃，这一份复杂的情愫，是否已然超出了一块土地的涵盖？我不知道，也不想知道。我静静站在这里，或者偶尔跟父母一起握着镰刀，企图在一株庄稼和土地的心脏里进入，我最终感到了彻底的失败——在力不从心的用力里，我充其量只是一个过客，从土地的边缘仓皇离去或者归来，始终无法完成对它的紧紧贴近。

而他们又能真正地贴近吗？他们——我那些并没有考取职业学校按理只能把生命交付给土地的乡亲们，他们又能真正在一块土地深处放置自己么？

我突然就有了流泪的冲动——一块土地的被疏远甚至遗忘，除了印证时代的变迁外，是否还丈量着内心与内心的距离？

我这样想，因为在这里，我还看见了土地的萧疏和荒芜——一块块不见人影的土地上，除了没有生气的庄稼和偶尔落下来的一只或是几只鸟雀，似乎只有风，在岁月与时间深处见证着一块土地的落寞与遗失。

现在，此时，他们都已全部出去打工了。曾经热闹无比的土地，只留下老人和小孩，象征性地在上面做着最后的守护。那些老人佝偻的背影，那些小孩单薄的身影，当他们在土地上缓缓移动时，他们是否知道我正在为一些莫名的人事泪流满面？

不过我毕竟也还是欣慰的——一方面是萧疏和荒芜的土地，另一方面是村里逐渐耸立起来的崭新的高楼、水泥路、瓷砖、地板砖，还有不停地响着的录音机……尽管他们在外出打工的路上付出了沉重的代价（有的死亡，有的残废，有的精神失常），但这些崭新的气象却真实地见证着他们选择的必要性和正确性。在义无反顾的路上，土地于他们而言，已经只是一个与生活无关的名词！

但真的无关吗？天高，云淡，那只逐渐隐没的雁，还有风，此刻，当我静静地站在这里，突然就感到了岁月与时间的广袤和幽深，在它们的胁迫和掌控下，即使轻微如尘芥和蜉蝣，有谁又能真正逃脱对土地的依附？

Ni Tu De Jie Qi

泥土的节气

立春

立春的日子是悄悄莅临的。

尽管此前，人们都知道“春打六九头”的农谚，也能准确地推算出“六九”的日子。但其实“六九”到来时，并看不到春的任何痕迹。此时的大地依然一片迷蒙，东风依然在山谷里、树枝上、柴垛及瓦楞间肆虐。田野里的冬麦和油菜，似乎还被一层晶莹的冰花覆盖着。火塘里的火苗依然一日旺过一日。人们仍旧足不出户，在火塘边蜷缩着身子。有偶尔好奇的三两个老人，摸索着走出门外想要寻觅春的影子，但很快就让透骨的冷风逼了回去，一边揉搓着双手，一边唠叨着：“这哪像春天的样子呵……”

但春天还是来了。当人们再次退缩到火塘边时，春天的信息已悄悄遍布了村里的每一寸土地。往往是，在“六九”过后的几天里，人们突然发现，春的信息已挂上了柳树枝头。刚才还光秃秃的枝桠，仿佛魔法般露出了细细的、茸茸的芽包。紧接着，一阵暖暖的阳光也从连续几月的阴霾中露出脸来，落在河面紧冻着的冰块上，一缕暖色的微红从河面上折射出来，散发出一层薄薄的雾气。冰块开始解冻，水们重新漾出清澈的倩影。而最让人措手不及的是，几天前还把身子紧缩在泥土中的小草，此时也伸出一抹嫩绿，在春的气息里跃跃欲试。几乎一夜之间，当人们还来不及从火塘边挣脱出来时，春天就迅速占领了村野的每个角落。

雨水就是此时来临的。雨水落下来，打在村口的池塘里，打在黑瓦和泥土上，很轻、很细，几乎没有声息。但细心的人，仍然会寻出这雨的一些不同来。从白昼一直到黑夜，雨似乎一直下着，而且比冬日里多了些声响。先前沉寂的一切，都隐隐地萌动起来。在这样的夜里听雨，心不再蛰伏，远处近处，村野的一切，似乎都在紧锣密鼓地酝酿着什么，只待某个时刻来临，便纷纷探出头来……

但春天依然是迟缓的。在迅速占领村野的同时，春天似乎又故意拖延着它的脚步。

我最早是从母亲的话里嗅到这一气息的。母亲总是微笑着说："庄稼老二不要喳（意即不要高兴得太早），立春之后还要冻桐花。"母亲说的是春天的气候。在我们贵州高原腹地的这个小村里，立春之后，天气依然寒冷，其中最寒冷的就是桐花盛开的时节。在母亲们眼里，立春仅是春天的一种标志。真正的春天，则在桐花开放之后。这曾让我深深地感到所谓物候的神秘。一株桐花的开放，一块冰块的解冻，一株小草的舒展，一点柳色的探头，一滴雨水的降临，一切都与季节紧紧相扣。这神秘的对应，一度让我感到个体生命的卑微，一度涌起对于生命的敬畏。我甚至想，多年后我始终怀着对一切生命的敬意行走在精神或者物质的世界里，一定源于这最初的情结。

母亲依然在认真打理她的火塘。对于气候的掌握，母亲总是胸有成竹。即使偶尔艳阳高照几天，母亲仍不会拆掉火塘。母亲知道，在太阳短暂的照临后，还将有更冷的寒风来临。母亲就常常对我们说："春冷骨头腊冷皮呢，真正的春天还早着嘞。"母亲显然是对的。就在母亲的话还没彻底说完，沉沉的阴霾、湿湿的细雨，还有肆虐着的东风，很快又卷土重来。只是不同的是，这时候，从火塘边的窗子看出去，已明显地看到那些桃树、李树的枝上，已隐约冒出了花骨朵。隐隐约约的桃红李白，让心不再萧条，似有一份热闹让人无端地向往。但我还是感到了春天迟缓的脚步，对于春暖花开的等待让我觉得春日无限漫长。这让我后来读《诗经・小雅・出车》时激动不已。一句"春日迟迟，卉木萋萋。仓庚喈喈，采蘩祁祁"不知被我吟诵了多少遍，不止一次想象着——在迟迟的春日里，茂盛的草木，啼鸣声声的黄莺，疯长的白蒿……那些春天的快乐和忧伤，不止一次让我叹息而又释然。

雨水越来越密。雨水从众多的山谷里涌过来，漫过田野和村庄，整个村野像一幅浓淡相宜的水墨。几阵雨水过后，渐次盛开的花朵，在大地深处逐渐呈现出灼华的一面。冬麦和油菜迅速疯长起来。冬麦开始拔节，油菜开始抽穗，第一朵金黄的油菜花，已秘密做好跟春天谋面的准备。村口的池塘里，隐约可见水波的荡漾，寒冷的风中有了第一缕暖意。在牛圈里困了整整一冬的黄牛水牛，第一次被人们牵着走过田野，仿佛对暌隔了一冬的泥土进行巡礼，俨然肃穆的盛典。一场跟泥土将要展开的对话，不紧不慢拉开了序幕……

惊蛰

第一声春雷，说来就来了。

一般是午后，几朵鱼色的云斜斜地挂在西山上空，天空有些灰暗，在迷蒙的春雨中，草们纷纷从地底冒出来，刚刚伸出的细叶上，还挂着几颗晶莹的雨珠，雨珠在狭窄的叶上跳跃，一颗，两颗……众多的雨珠汇聚起来，像是一场盛大的舞蹈，略略透出春的热闹与繁华。春雷就是此时响起的，“轰——轰——隆——隆隆——”，节奏缓慢，有几分拖沓，但在沉静已久的天空里，声音依然显得突兀，人们依然为此震颤。人们往往不由自主地走出户外，凝望着雷声乍响的天边，喃喃地说：“春雷响了，春雷响了……”

大地就在此时复苏了。“微雨众卉新，一雷惊蛰始”，先前隐约的桃花、李花，几阵春雨和雷声后，已绽放出缤纷的花朵，一圈圈的红，一缕缕的白，竞相开放，耀眼摄魂。太阳及时莅临，蜜蜂们如约赶来。过不了几天，田野里的油菜花又为大地献上了它们的金黄，一场以花为主题的祭献仪式在春雷声中渐次展开。而将这一仪式推向高潮的，则是那些养蜂人。在我的故乡，每年惊蛰之后，在一片花海中，都会迎来一些养蜂人。岁岁如此，年年如斯。他们都是远方人，没有谁知道他们来自哪里，也没有谁知道他们下一站要到哪里去。那时候，他们到我的故乡来，一来就在村外搭起随身携带的帐篷，再沿地摆出一长排蜂箱，于是，那“嗡嗡”的蜜蜂声开始在整个山野回旋。花朵们也迎来了自己的蜜月，一只只蜜蜂，一朵朵花蕾，在惊蛰的阳光里不断构建它们的地老天荒。我就曾在一只蜜蜂与一朵花蕾的合欢里痴痴并傻傻地想起生命的一些秘密，并无端地生出一些幻想来。在我懵懂的情感世界里，在春天的泥土上，一些神秘的物事就这样不断刺激并催我快速成长。

但我还是感到了隐约的怅惘。没等花事结束，养蜂人又已做好了撤离的准备。我一直不理解他们为何总是如此匆忙。直到多年后，才明白他们的一生其实就是花朵的一生。他们一生都在追赶花事。花朵盛开的地方，就是他们生命的栖息地。他们为花朵而生，为花朵而忙。在花朵的深处，他们是大地上永远行走着的一群。他们生命的秘密，只能在一朵盛开的花里寻觅。

养蜂人离去的怅惘，很快就在此起彼伏的虫鸣声里消失得无影无踪。我重新又快乐起来。因为此时，先前在深洞里冬眠的昆虫们都已纷纷钻出泥土，它们或是躲在草丛里，或是躲在某块岩石背后，有的甚至站到了树枝上，借助一枚绿叶的遮掩在阳光下鸣叫。不用任何指挥，它们或者独唱，或者合唱，乐音此起彼伏。仿佛来自大地的乐队，鼓声齐鸣……于是阳光更加明亮了，天空更加明朗了，春色更加明媚了……直到现在，我仍然固执地相信，这些声音是我一生听到的最美的旋律。它的真切、熨帖、质朴是一切人为的乐音所无法比拟的。尤其是当我一天天生活在泥土之外，在钢筋与水泥的丛林里，在那些繁杂、喧嚣的声音中一次次迷失，对这些声音，更会生出无限的怀念和向往来。

燕子也回来了。那一定是某个清晨，当母亲低着头，仔细拾捡混在豆粒里的小石砂时，一阵熟悉的鸟鸣声突然就撞进了屋檐，紧接着就看见了那熟悉的身影——乌黑而晶亮的羽毛，像剪刀一样扇动的尾巴，轻盈灵动的飞翔……母亲抬起头来，目光随燕子移动，充满了幸福与憧憬。我明白母亲的心思。那些时候，在我的故乡，燕子是一种吉祥的鸟。母亲们都认为，燕子飞落谁家，谁家就会有好运。因为这样的心理，很多人家都希望有一对燕子飞落自家屋檐。

没有燕子飞落的人家，一定就有了几分失落和忧郁，总觉得未来的生活中缺少了什么；有燕子飞落的人家，则满脸的欢喜，总觉好运已眷顾门楣。

当燕子在屋檐下筑完巢，属于惊蛰节气的时光已接近了尾声，“数九”的日子已最后结束。艳阳已经高照，杨花们已最后开放，先前还只是象征性走过田野的黄牛水牛，此时已正式迈开了脚步。闲置了一冬的锄头和犁耙，已被农人们抬了出来，缓慢掩沓的雷声依然低一声、浅一声地响着。黄莺声声，万木葱茏，最后的东风早已黯然隐匿，白色的、黑色的蝴蝶从传说中走出来，成双成对地飞过田野和山谷，锄头撞击泥土的声音，开始在山谷里回荡……真正的春天由此开始了。

谷雨

早在清明时，谷雨就已蓄势待发了。

纷纷的清明雨，在山谷里一日日弥漫、酝酿，最后从山谷漫向田野和村庄。阳光洒落下来，空气清明洁净，河岸上的柳条，在和煦的春风里不断摇曳，一只、两只燕子从柳叶间飞过，留下一串悦耳的唧啾，轻易地就让人联想起那些散落在唐诗宋词里的诗句。布谷鸟开始啼鸣，“栽早苞谷——栽早苞谷——”，声音凄怅清幽，那声音落在村庄上，落在人们心里，陡然间就有了些莫名的忧郁。雨水逐渐增多，除了明显地感知冬麦和油菜的日渐成熟外，还隐隐地嗅到了稻谷生长的气息。

这就是谷雨了。谷雨一到，父亲们就要着手泡稻谷种。“雨生百谷”、“谷雨时节种谷天”的农谚，一直是父亲们在大地上行走的重要标识。父亲们都相信，只有趁着这雨，播下的谷种才会更好地生长，更好地赶上季节的脚步。所以每年的谷雨，几乎就成了父亲们盛大的节日。父亲们纷纷从囤箩里抬出稻谷种，倒进水缸，稍后再取出来，再用树叶紧紧捂住，待其发芽，最后将其撒在秧田里……当这个过程全部完成后，父亲们就像完成了某次洗礼，内心也就踏实和舒畅了几分。那些时候，这样的场景几乎成了春天的核心内容，绽开在父亲们内心的花朵，让泥土上的春天格外动人。

谷雨时节留给我的，却是贯通一生的忧伤。在谷雨前后的季节里，我总被父亲逼着跟他在山野间一起劳动。在那些春天的田间地头，瘦弱的我总是一次次力不从心。我因此谋划着企图逃离土地。但父亲对我的想法却不屑一顾。父亲始终认为，作为农人的孩子，只有把生命紧贴土地，才会结出果实。后来，当跟我同龄的人们都已挑着大担的秧垛在田野里行走如飞，我依然没有足够的力量把一担秧垛举上肩头。特别是我 14 岁那年，当 15 岁的宝成从邻村娶回了媳妇时，父亲就替我担忧并感到深深的失望了。只是让父亲预料不到的是，我后来果然成功逃离了土地。后来我一直以文字为生，在泥土之外安身立命，也还算过得去。不过这已经是后话。

谷雨到来时，除了父亲们开始忙活外，泥土上的春天已悄悄发生了变化。最后开放的杨花已经零落成泥，点点花瓣在风中飘零，夜里的杜鹃不停地叫唤，“不如归去”的凄音让山谷和村庄罩上了一层离愁。刚才还在春风中飘逸的柳絮，如今也纷纷坠落，略略地透出“美人迟暮”的意境。于是，“昔我往矣，杨柳依依”、“年年柳色、灞陵伤别”之类的诗句，只需轻轻一摘，立即就从大地的任何一隅飘落下来，落在你的眼里，落在你的心上，落在你的忧郁和苍茫里。

草们已完成了对大地的包围。远远望去，大地一片嫩绿，从眼底下一直铺到天边，大有铺天盖地的气势。布谷鸟已开始退场，最后的一声啼鸣显得那样有气无力，懒懒地在山谷深处飘着，稍后就踪迹全无。催人归去的杜鹃也不知悄悄栖息到了哪个枝头。猫头鹰却准时在入夜时开始啼鸣，蛇们开始出洞，山鼠多了起来，第一只蝉，似乎也做好了一展歌喉的准备。黄牛水牛哞叫的声音，一声接着一声，大地显得更加丰富多彩……

立夏

立夏伊始，田野里就热闹起来了。

田坎上、河岸上的蒿草已伸出头来，车前草借助柔润的泥土，略略展开身子，偶尔的一朵蒲公英，在风中舞动。云雀掠空，阳光普照，大地一片祥和。尤其是在夜色之中，蛙鼓响起，东一声，西一声，不多，但也此起彼伏，流水般托着村庄，亦如梦幻。蛙声响在梦里，虽然繁复，却是细致柔和的那种，如天籁，如大地的神秘之音，点缀着一个清悠静谧的夜。

母亲先前在院子里撒下的瓜种，已露出嫩绿的藤蔓，正爬上那堵老墙，企图扩充自己的领地。稍后的叶子，荷叶般立在藤蔓上。雨滴落在上面，微微地颤动，透出荷影的风致。真让母亲惦念的，却不是这些。母亲记得的，是每个清晨掀开逐渐茂盛的叶，偷看是否已有瓜果现身，然后将瓜果端上饭桌，满足我们胃囊的需要。当第一个瓜果出现，母亲必定惊喜而又兴奋。一个率先破季而来的瓜果，给母亲的目光和内心添上无比晶莹的光芒。

父亲却在念叨一场雨。立夏到来，父亲就要搬出“立夏不下，犁耙高挂”的农谚。对一场雨的渴望，让父亲充满了忐忑。我就记得，每年的立夏日，父亲总坐卧不定，一会在堂屋坐下来，一会又跑出院子，不断瞅着天空，紧紧寻觅雨的行踪。那一份心神不定，让我记忆犹新。

这时候，冬麦已呈现金黄，麦芒在阳光下显出灼亮的颜色，渐趋饱满的麦穗急着俯下身子，向着大地抚摸自己的内心。燕子和麻雀飞过上空，偶尔的一只鹰，盘旋在太阳下，天空更加澄明高远。成片的麦田外，秧苗已长到该移栽的时候。入夜的蛙声就隐藏在那里，并时时做好转移的准备。只待麦穗收割完毕，只待水田打好，便迅速占领整个田野，吟唱在夜的每个角落。

当然，蛙声也有迟到的时候。若是遇上持续不断的干旱，在没有一滴水的田野里，最多是偶尔的一两声蛙鸣，象征性响起后，就快速消失了，就像一两声有气无力的叹息。墨黑的田野，仅剩干渴的泥土和风，麦穗们失去了往年的容颜，在一场远遁的雨里努力支撑着半枯的身子。干渴的泥土像一个不堪重负的老人，无奈地想着往年的心事。这样的夜里，父亲们是不可能入睡的。父亲们总是一个人，悄悄地坐在自家屋檐下，在一袋旱烟燃起的火星里，一遍遍抚摸自己的焦躁与不安。也有偶尔的一个，悄悄地就走进了墨黑的田野，一个人站在早已干涸的河床上，再抬头看看干燥的天空，干渴的泥土和风，像是一些时间的利箭，一次次穿透他沉重的肺腑。他们都不说话，心却是痛的。为着迟迟不来的蛙声，他们显然看到了来年的荒芜。

但蛙声总是要响起的，就像一个人内心的梦，永不会断绝。

往往是，干旱之后，一场大雨就会在人们预想不到时莅临。先前枯去的草木和叶子，重新在一片湿润的泥土里立起身来。河流、池塘，还有先前的湿地，再次盛满了水。瞬间的工夫，蛙声仿佛从天降临，在一滴雨水的身体里，迫不及待就响彻了田野。如果有月色，起伏的蛙鸣，给若明若暗中还添了几许清幽的诗意。

于是，泥土终于迎来了与人类肌肤相亲的盛季。洁白光滑的水流，一阵阵漫过泥土。所有村人，纷纷赤脚走进了泥土深处。一份内心的期待，一份绽开的笑容，终于贴紧了大地，充满了温润之气。万木趁机疯长起来，整个山野一片葳蕤。八角树、椿树、泡桐树、榉树、鸭掌木等不知不觉披上了盛妆。各种青绿的野菜，混着草木，为山野增添了一层暗绿，波涛般席卷大地。就连荆棘一类的植物，也涂上绿色，见缝插针地占据着山野的某一隅……

各色草木完成寸土必争后，夏天的帷幕就要拉开了。

芒种

芒种是在一株麦穗上悄然抵达田野的。

此时的麦穗，已长出耀眼的麦芒，像一层密密匝匝的光晕，为初夏的田野染上一片金黄。一株株麦穗，以花朵的姿势，在风中左右晃动。麦穗显然是焦躁的，初夏的风让它窥到了时间的某种秘密。

一株麦穗，成为夏天最后的寓言。

而此时，芒种却可以大张旗鼓地行走在田野里了。

在麦穗们纷纷隐身于一把镰刀之下时，一块块的水田却逐渐露出清亮的身子。先是一块，再是一块，紧接着就成了一片。一片片的水田连接起来，白花花的水在阳光下显得无比阔大，甚至有点湖泊的味道。

鸭子们则是水田的常客。一个赶鸭的老头，总是扛着一根长长的鸭杆，忙着指挥鸭群觅食。鸭子很多，鸭群窜动时，一片纷乱。但在老头的眼下，鸭群却是一支有序的军队。据说老头能在鸭群赶路时，快速地清点数目，并能准确无误。我为此惊疑老头是个奇人。在村里，老头是不干农活的，从春到冬，只是随着他的鸭群，走遍了田野的每一寸土地。老头以他自己的方式，讲述了村子的另一种生命。

不过这仅仅是例外。村子的其他人，在芒种到来，就开始了日出而作，日落而息。

芒种其实是村子最重要的时间刻度，一道坎儿。

芒种的到来，标志着夏耕季节的正式来临。芒种一到，割麦、打田、插秧、薅玉米地，所有的农活都一起纷至沓来。芒种就像村子的一场盛典，芒种一到，全村上下，几乎就没了闲人，没了闲时。所有的人，所有的时间，全都交给了农活。农活成为芒种的大戏，成为你认识村子乃至泥土的标志。

母亲就常常对我们说：“芒种不种，再种无用……”母亲的意思是说，错过了芒种，就错过了季节。多年后想起这句话，很是感慨。想想人的生命，就跟一株庄稼一样，错过了季节，也就错过了一生。

但那些时候，我又如何能懂得这些道理呢？

我真正向往的，是山野里的那份热闹。芒种到来，那些草绿色的螳螂，已悄悄在某一个暗角里破壳而出，稍后就开始了它们对夏日的巡礼。从绿色浩渺的山野里走过，在众多的昆虫中，我一向认为螳螂是优雅的，无论是行走抑或跳跃，都极具贵族气质。我就曾仔细地扒开每一处草丛，凝神静气地欣赏它们的风度。百鸟在绿树丛中啼鸣，风从头上吹过，我却不为所动。这样的凝视我可以持续三五个小时，而不心生厌倦。

除螳螂外，蝉与蝴蝶亦是芒种时节不可或缺的主角。翩翩的蝶影，成双成对飞过蒿草上空，越过山野，向远处飞去，赶赴一个遥远的传说。蝉则按着去年的时间，隐在深树丛里鸣叫。我曾仔细研究过蝉，发现蝉是一种与阳光共生共灭的昆虫，太阳越大，蝉声愈明朗清晰。多雨的日子，蝉声则销声匿迹，让人怀疑蝉又开始了冬眠的时光。

先前还东一声西一声的蛙鼓，此时已密集起来。随着秧苗全部移栽完毕，整个田野就成了青蛙的舞场。但白天你是很少看见它们的，它们注定是为夜晚而生的一群。只要一入夜，它们就纷纷登场，为墨黑的大地，为寂静的村庄献上最美的乐音。它们是单纯而华美的，它们托着一个村子的梦。在那个梦上，劳累的心也为之柔软踏实。

蛙鼓到达极致时，芒种也该结束了。母亲们早已三三两两把涂满泥巴的衣物，扔进河里清洗，企图洗去一个季节带给她们的劳累。

一条河流，洗涤衣物的同时，也洗涤她们的内心。

太阳逐渐烈了起来。风吹过，大地一片溽热，万木争先恐后挤在绿的深处，耀眼夺目。这时候，往往就会有一个老农从屋檐下、从一袋旱烟里不经意地抬起头来，眯着眼睛瞅了瞅明晃晃的太阳，然后自顾自地说："噫，这夏天咋说来就来了呢……"

大暑

大暑时节的到来，是与一朵向日葵紧密相连的。

此时的玉米已经长成，逐渐高过人头。一片片玉米林随风舞动，清幽的山野，蓦然添了几许生气。最早的一朵向日葵，就在玉米林舞蹈的间隙，向着太阳昂起了高贵的头颅。它在那里站立，傲然、凛然，仿佛大地的某种标志。

稍后，一朵朵向日葵，争先恐后地昂起了头。一朵朵向日葵，无一例外地向着太阳不断拔节，让你诧异的同时，不得不生发敬重之情。在逐太阳而生的身影里，它们的坚韧与执着，正一点点被土地认识。

它们生长的姿态，无声地透出乡野生命的某种气息。

我曾深深地被这一气息所感动。多年后，当我身处逆境，就会不期然地想起一朵向日葵。我始终认为，一朵向日葵，就是我们骨骼散发的芬芳。我们全部的微笑与隐痛，终将被一束阳光所抚平。

太阳总是一日烈过一日。先前充满活力的草木，开始蔫了下去，一副无精打采的样子。只有在早晨，在露珠的亲吻下，草木们生命的本色才会被唤醒。一颗颗晶亮如玉的露珠悬挂在草叶上，玲珑剔透。一层烟岚浅浅地浮在远山上，云色清明，早起的鸟雀叩醒了树林和村子。大地一片湿润清凉，万物再次萌动勃发。不过，此后不久，太阳就快速移过东坡，跳上山顶。午后特有的溽热，复又挟裹了大地。

河流却赢得了人们的青睐。但在乡村，河流仅属于男人和孩子。他们无论何时何地，都可以赤条条地让身体亲近一条河流。妇女们却不。妇女们的身子，是不能随意呈现的。至多在暗夜里，在河流的某一僻静处，悄悄将其放进河流，而心也总像一头惊惶的小鹿，生怕自己身体的秘密，暴露给突然撞入的男子。

在一条河流的梦里，茉莉与荷花早已翩然而至。

天气愈热，茉莉开得愈盛，其香也浓郁无比。往往是，就在你感到溽热难耐时，一袭茉莉的清香就从那园子里，从一堵老墙边溢了出来，先是进入你的鼻孔，然后进入心肺，最后遍布全身，让你心清目明、神清气爽。荷花则呈现执着的一面，不论烈日还是暴雨，都无法阻挡它们盛开的脚步。它们以自己的娇柔之身，在夏的深处兀自开放，不为外物所动，不为环境所扰，静如处子，光芒四溢。

萤火虫快速地从腐草中获得新生，一群群从乡村的夜空飞过。它们跟蝴蝶一样，完成涅槃后，此身已是另种风情。它们一生为寻美而来，从夏日的大地上经过，一直为瞬间的美而活着。有月也好，无月也好，点点微光，仿佛夜晚盛开的花朵，又如盏盏移动的灯火，神祇般降下幽明，淡雅并静到极致。如果适逢夜来香开放，一阵短暂的幽香中，那微光，分明还多了几许迷离，让人疑心置身仙境。

一份惬意，由此弥漫了夏日的时光。

立秋

每年的八月初，父亲就会翻动他收藏的皇历。那是一本薄薄的小册子，上面是农历的计时。父亲说这是庄稼人必备的读物，一本皇历，就是一个农人的四季。父亲翻动它的时候，目光温和，表情肃穆，一双布满老茧的粗手，在纸张的起落间小心翼翼，仿佛一个基督徒面对《圣经》的虔诚。父亲这次翻动它，除了一份虔诚外，我还看见了他的喜悦。父亲的手指落在了"立秋"那一页，他几乎跳了起来，然后不断重复说："立秋了，就要立秋了。"

我明白立秋这个词对于父亲的意义。立秋伊始，草木开始结果，对于一个农人而言，收获的季节即是生命最大的欢欣。所以我懂得父亲，当他在立秋的时间里驻足，他一定就看见了五谷丰登的胜景。那是他内心的花朵——生命在泥土上最美丽的绽放！这还让我想起一株草木和一只鸟，它们从大地上走过，它们一生或许就为了与一滴雨露或一片云彩相遇，一瞬的相遇就构成它们生命的永恒。所以我又不可避免地有了些忧伤。总是想，在等待立秋的时间里，我的父亲，是否也如草木和鸟类一样的卑微与容易满足？

立秋的时间还是来了。似乎是在午后，在闷热的风里突然夹了一份凉意，秋天从此开始了。秋天一开始，父亲就要吩咐我和弟弟各自带上一把镰刀，在每个清晨与黄昏，向着我们家的庄稼地出发。我们总是跟在父亲身后，小心地走过每一块稻田和玉米地，小心地审视每一株庄稼——它像极了巡礼，并且充满爱意。对那些企图伸出头来遮蔽庄稼的杂草，我们总是用镰刀及时将其斩除。曾经很多年，这样的细节一直成为我和弟弟生活的必修课。应该说，在这样的课程里，我们最早学会了对于一株庄稼的爱护和敬重。我们懂得，一株庄稼的世界，即是我们的世界。在对一株庄稼的等候里，有我们全部的希望与祝福。

风在此时开始露出它凌厉的一面来。这个时候，春日里的和熙，夏日里的散漫，早已换上了迅疾的容颜。在秋的山冈和田野上，风们一改往日的温婉，用一种催逼的姿势，一阵阵漫过庄稼地。几阵秋风过后，稻子黄了，玉米饱满了，天空也更加干净和高远了。此时的大地一片澄静，尘埃远遁，只有耀眼的金黄在它的深处弥漫成诱惑。偶尔一只高旋的鹰，在大地和庄稼的远方，深情地俯瞰……而我的父亲他们，就在这样的场景里准备收割了——一个村子献给秋天的盛大仪式就要呈上。在欢笑和歌唱声中，在金属与庄稼的撞击声里，在不远的时候，真正意义上的秋天就要莅临了。

而我一定就看见了父亲的笑容。在那些年月里，父亲是不轻易笑的。生活的重压，季节中的悲苦，常常让父亲的笑容深深隐遁。一个农人的笑容，一生中最是难得绽开的花朵。所以秋天的到来一直让我无限地感恩——在秋天的一株稻穗或是一颗玉米上，父亲绽放的笑容总让我想起生命的美好和欢欣。

应该说，我和弟弟正是在秋天的笑容里慢慢长大的。只是预料不到的是，长大后的我们都远离了土地和庄稼。但一个无疑的事实是，当又一个秋天来临时，我们都会不约而同地想起那些在秋风中的笑容，并且深信，它们是大地和我们内心最美丽的花朵……

白露

虽说“立秋一日，水冷三分”，但实际上，气候真正凉下来，则是白露之后。白露之后，远远近近的草木们，就要结上颗颗晶莹的露珠。若不是那一份微寒的原因，这露珠的柔弱和晶亮还真让人无限怜爱。

而真正让我记住白露到来的，则是飞翔的大雁。这个时候，在我故乡的天空里，总会有一只、两只，或者一行的大雁，静静地挂在某一隅云彩之上。它们渐行渐远，一直向着远方飞去。它们越飞越小，直至最后消失在天边。它们叫声凄凉，宛如悲音。那时我还不知道它们是飞向南方，不知道这是它们注定要迁徙的宿命，也不知道“边秋一雁声”之类的离愁。只是觉得，在白露时节的天空上，飞翔的大雁是故乡最为动人的风景。

梧桐叶开始落了一地。记得在众多的树木中，就数梧桐树最经受不住秋风的催逼。早在立秋伊始，最先的一枚梧桐叶就急急地滚落枝头，用跌落的姿势宣告秋的君临。但这也仅是短暂的一瞬。一瞬之后，除了松树、柏树等耐寒树木外，其他树木纷纷效法梧桐，在风中露出光光的身子——这是它们对于秋风的臣服。明知有几分屈辱，但在强大的时间的武力面前，它们不得不低下昂贵的头颅。它们就像村里的许多生命一样，在葳蕤之后，在时间的胁迫下，终于有一天，肉体坍塌了，内心的坚持湮没了，生命的季节终于画上句号。

母亲们则开始念叨：“白露秋分夜，一夜凉一夜。”那意思是告诫我们，天凉了，一定要注意穿上一件外衣，一定要小心风寒。在白露时节，这几乎成了母亲们的全部心思。一个小小的愿望，让母亲们的质朴和爱意无比透亮清明。记得母亲就常常“逼”我穿上一件外衣，在为我扣好最后一颗纽扣时，就要说：“天凉了，就别出去疯了，小心感冒。”那些时候，在母亲们眼里，一件外衣就是儿子们的一切，就是她们内心的温情和慈爱。

但我们在屋里是无法待下去的。母亲们并不知道这秋风里的诱惑——田野里的谷垛，此起彼伏的蚂蚱，一只蛐蛐躲在墙角的吟唱，一对做着爱的我们称为“王子”的黑色蜻蜓，就像一场精彩的露天电影，一直诱惑着我们一帮小孩。记得那些时候，我们在田野里奔跑的身影，就像那些马匹，狂放而又自由。那些神秘的声音与色彩，总是不断激起我们的好奇和想象。我们不断地在田野里奔跑，不断地奔跑，奔跑……

记得后来的一天，奔跑中的我们突然就学会了忧伤。那时候，我们突然看见了某个小孩在河岸上站立的背影。狂乱的秋风吹起他破烂的一块衣襟，仿佛它随时都有离开身体的可能。他独自站在河岸上，双手紧紧抱着斜插在身子前面的鸭杆。鸭杆很长，远远高过他身体的高度。鸭杆很瘦，比他瑟索的身子还要单薄。他静静地站着。他不能再跟我们继续在田野里奔跑。他只能在那里守着他的鸭群。他的母亲，不知为什么就去了外省，去了就再没回来。我们就这样学会了忧伤，就这样终止了奔跑。没有谁命令我们，也没有谁知道我们停止奔跑的缘由。

这一直是个秘密，一群乡村少年的秘密。许多年后，它仍然让我感动不已。

寒露

菊花开满山冈时，寒露就到了。寒露一到，鸟雀们渐渐绝迹。在秋风的肆虐下，那遍野的金黄，更多地泛着诡异的色彩，跟萧疏的草木形成强烈的反差。

田野就在这时变得低沉起来。一层湿湿的薄薄的雾汽，终日悬垂在离地面不远的上空。庄稼已收割完毕，一些还来不及挑回家的谷垛，星散在四处，有了一种被遗弃的青苍。泥土被再次翻耕起来，那些光滑且亮的犁铧的痕迹，还在那泥上摆着。虫子们早已钻进泥下，做好冬眠的准备，只待明年惊蛰来临，再次在阳光下一展歌喉。偶尔有一个老农，一头已经很老的黄牛，从田野里缓缓走过。他们显然已很老了，就像这个季节，已经到了秋的深处。他们的脚步甚至有几分蹒跚，他们显然已接近了时间的某个刻度。河面上似有一层白如霜花的颜色浮起来，不知冷暖的鸭子们依然在那里戏水。岸上的树叶落下来，落在河面上，最后把那偌大的一片水域遮住。最后树们无一例外地脱光了叶，仅剩那粗糙的、单薄的、丑陋的身子，在秋风里跟时间抗衡。

母亲早已准备好了小麦种，并挑出了草灰，用大粪水搅拌均匀。母亲知道，寒露一到，就该播种小麦了。在我的乡村，那些时候，小麦被称为“小季”，稻子则被称为“大季”。虽是“小季”，其作用也不可忽略。那些时候，作为“大季”的水稻，产量很低，很多人家往往等不到来年的“小季”成熟，就纷纷断了粮。小麦的到来，一度让村人欣喜不已。所以在一粒麦子的世界里，跟一粒稻谷一样，母亲同样是倾注了心血的。母亲对待麦粒的态度，直至很多年后，依然还能感染我。因为麦子，母亲还为我讲过一个关于麦子和荞子赛跑的故事。母亲说荞子一年两季，而麦子一年一季，为此荞子讥笑麦子跑得慢。而麦子却反唇相讥，说就是因为跑快了，所以荞子脚杆才是红的……这是我从母亲那里听来的唯一的童话。母亲不懂文化，这个童话几乎就是她全部的精神世界。而就是这样的童话，我竟也丝毫听不出她内心的爱憎。所以我一直是忧伤的。一直想，若不是因为与麦子有关，或许除了庄稼和泥土外，在母亲别的精神世界里，就将是零的记录。

小麦下种不久，那些结在草木上的露水，已有了硬度。古人说这是“露凝而白”。时间已悄悄发生了转移，适才还不甘退隐的蝉，不得不最后噤声，把一生的歌唱，留给最后的遗憾。在逐渐加深的秋风中，荷们已彻底枯去，把自己深埋进水底，先前被荷叶铺满的池塘，复又空落起来。豆粒大的雨点击打下来，泛起几点涟漪后，很快消失在了不远处。于是那池上就有了几分落寞，在那心上，在秋风中悄悄地滋长。

于是，秋意渐浓了。

霜降

风越来越冷。月亮却越来越干净、明亮，“枯草霜花白，寒窗月新影”——月亮静静地挂在那里，像是铺满霜花的圆盘。小溪边，断桥上，枯黄的树木和草叶上，也立起了针尖般的冰花。大地一片岑寂，第一场冬雪的影子，已经若隐若现。这时候，霜降开始了。

母亲开始念叨起那句谚语来：“霜降无霜，来年饥荒。”母亲明显是喜悦的。为着那些落满田野的白霜，母亲似乎看到了来年的丰收。在母亲的世界里，除了庄稼和丰收的概念外，再无其他。在对一场霜雪的凝望里，凝结了母亲善良的所有祝愿。

而我们是不会明白的。作为一个孩子，母亲紧贴在庄稼和土地上的内心，我们根本无法知晓。我们内心雀跃的，是在每一个霜降的早晨，仔细搜索那些六角形的霜花，然后用手去抚摩，然后双手紧紧捧住其中一朵，然后又将冻得生疼的双手快速地伸进裤包寻找热量。我们总是从屋檐下开始，一直玩到田野里，玩到小河边，玩到山冈上。我们总是乐此不疲。在一个孩子的世界里，一朵霜花的存在，与生活无关，与母亲们对于日子的重负无关。

倒是有一个常识，被我们牢牢地记住了。我们知道，越是霜大，这天的太阳也就越大。只是太阳虽大，却没太多的热度。所以那秋风，依然很硬冷，并逐渐有了刀子般的感觉。这时候，百草真正地枯萎了，远山近水一片萧条。而我也就固执地相信，都说霜降杀百草，其实杀百草的并非是霜，而是渐紧的秋风。

大地终于沉寂起来。最后的一只虫子早做了冬眠状态。我曾从泥土的深洞里挖出一只蚂蚁，它酣眠的痴样让我心生敬意。它们是大地上最卑微的一群，却懂得生存的法则，它们顺应季节，懂得生息之道。它们安静而且恬然。我曾为此深深地感叹。也曾私下想，也许对生命的理解而言，有时我们竟然不如一只虫子。所以每年，当我在霜降时节蹲下来，就会有太多的遐想。面对一切已经歇闲的，一切还在活动的物事，我总会生出些生命的悟想来。

母亲们知道秋已经很深了。母亲们加快了秋收秋种的步伐。忙完后，就开始等待一场大雪的来临，开始准备过冬的一切，比如囤积足够的柴火、大米还有蔬菜，比如修葺去年用烂了的火塘，等等。在季节的行程中奔走，母亲们总是一直在忙碌。跟虫子们不一样，母亲们不能冬眠。行走是她们的宿命。行走让她们品味到生命的踏实和快乐。

就在母亲们忙着的时候，晴朗的夜空中早已不见开满霜花的月亮。天开始阴暗起来，淫雨霏霏，秋风破茅屋，一切声音隐退，鸟兽们从大地上消失，一个秋天结束了。

立冬

立冬的日子往往很突然。

一般是农历十月的某个早晨，原本柔软的河面突然铺上一层薄薄的冰，风从岸上吹来，水波已没了往日的兴致，始终潜缩着，像一个人瑟缩的身子；岸上的草木，枯黄已经爬上来，显然是昨夜的一场预谋；瘦瘦的枝叶上，挂着一层层细霜，仿佛刚刚涂上去的银屑；天空一片萧瑟，几朵厚沉低矮的云，懒懒地挂在东山上，像要跌落下来的样子。

风也愈加冷了，吹过山坡和田野，大地跟着染上了荒疏的颜色：

庄稼似乎一夜间褪尽，只有那些来不及挑回家的谷垛，星散在田野深处，像是刚刚遗下的影子；落叶铺满了林地和通往村子的所有道路，乡村的内心陡然狼藉起来；不远处的那片树林，木叶开始坠落，接着就汹涌起来，仿佛在执行某个不可抗拒的命令；昔日的幽森，很快全都暴露出来，像瞬间零落的岁月，红颜迟暮，繁华落尽；鸟们已不知去了哪里，只有不多的几只，在林子里出没，它们从林梢间飞过，落叶从它们的影子间飞过，天光地影一片迷蒙；那些青苍的枝干，直指天空，落寞，却透出倔强，像最后守望的人群。

时间就像轻轻地转了一个弯，回身时，岁月已变得苍茫，就像一个梦，即使空渺无痕，也总让人措手不及。置身其间，不由就觉到了时间的诡谲，在近似一声魔咒的瞬间，一切的事物，包括我们的内心，都已不是从前的自己。

就在你为之彷徨时，时间又再次让你感到了惘然。就在此时，在冬之色逐渐凝重时，小阳春的天气却已秘密酝酿了：往往是，当东山上空的云朵逐渐变得稀薄，就会有柔和的阳光洒落下来；一两日后，已变冷的风忽又柔和起来，仿佛变戏法似的，云也跟着舒展了，鸟声也多起来，天空一片晴和，大地重新被妩媚的春意点染；先前衰败的草木，仿佛焕发了精神，复又在暖风中摇曳；河面重新清澈起来，接向遥远，浩瀚无垠；春天的物事，似乎一夜间重又降临，让人柔柔的，让心暖暖的……

你无疑再一次沉陷下去，像一只小鹿，即使置身美好，更多的却是惊惶失措——你甚至疑心时光倒转，风物错乱，一颗心，就像随风沉浮之际，迷离的不仅仅是肉体本身。

时间制造的迷乱还在变本加厉，小阳春的天气并不长久。往往是，最多持续半月后，在你还来不及回头时，明媚的阳光很快就让位给了越来越紧的北风，时间一下子沉入暗黑，你也一下子觉得万劫不复——“渐霜风趋紧，关河冷落……”几乎是一瞬间，在吟诵一句冬日古诗的倏忽里，万物又都沉寂下来，最后的鸟雀也逐渐绝迹，仅剩一个个空落的鸟巢，寂寂地挂在树叶落尽的枝丫上，仿佛悬挂在时间深处的一滴浊泪，沉沦，并且有几分幽怨。河岸上的两三只羊，来回徘徊，稍后，对着早已不再流动的河流，不停地叫唤，有些优雅，也有些忧伤。一只羊跟一条岸的关系，一只羊跟一个冬天的关系，让你平添一份莫名的忧郁，也让一个即将到来的冬日真正有了几许迷离。

只有到了夜里，当万象悄然隐去，时间从所有的道具中抽身而出，你才会感觉到灵与肉的回归，才会重新踏实起来。这时候，一切都是清晰的，一切都回到了原来的位置，即使清凉浸骨，寒意也显得明朗如画，一点点地落在心上，像一声声的柔情细语。

月色也添了微寒，就像风吹过没有枝叶的身体，无遮无拦企图穿透你的衣襟。月光流泻下来，宛若暮色里飘落的雪子；院子前面的小山岗上，落尽叶子的树枝，密密地横斜在月的清影下，像是根根瘦脊，跟时间做最后的对峙；田野很静，村庄很静，夜鸟与虫子早已销声匿迹，偶尔一声黄牛的鸣叫，让整个村子显得无比的凄清与荒寂；有些人家的火塘，早早燃起了柴火；月光穿过窗户，落在柴火上，晶莹清明；回头的瞬间，你似乎还看见一场逼近的大雪，一切都脉络清晰地在你的身体里蔓延……

而多年后，想起这些一寸寸跌落的细节，我就会突兀地想起一个年华凋落的人，倚在某扇雕花的古老的窗棂下眺望，眉眼间是逐渐向深的岁月——他就像从前世开始就为我设计好的场景，也似乎是我身体里某个熟悉的时间部位，一个忧伤经年的比喻。

大雪

大雪一到，时令就进入了农历冬月。

虽说是大雪节气，实际上很少看见雪的。在南方的村庄，一场雪的到来，总是迟到而且缓慢。

天却总是落着雨。雨很细，却透骨的凉，仿佛一些尖细的刀子，直至要钻进每一寸骨骼；渐紧的北风不断在窗外肆虐，一浪接着一浪，像滚过森林的松涛，密集而且荒寒；视线中的瓦楞，还有某堵老墙，被一层灰暗低沉的冷气所挟裹；与天空连着的树枝，像一些青筋突露的手指，在寒风中抖动；不见鸟影，偶尔却会传来一声凄恻的鸟鸣，短促而又低沉，它们似乎已藏进了地底，或者躲入了墓穴，来自时间的胁迫，沉重得就像飘着的一缕哀音，远远地浮着，然后消失在不为人知的地方。黄昏来临时，夜幕早早地降下了，寒意突然重了许多，整个村庄被一层萧瑟所包裹。

火塘里的火却已燃得很旺了。这时候，祖母总是一边往火塘里塞柴火，一边就漫不经心地念叨一场雪，偶尔，她还会抬起头来，看一眼黑黢黢的窗外，眼里分明有摸得着的期待。我并不明白祖母对一场雪的渴望，只是后来，当我在课本上读到“瑞雪兆丰年”的农谚时，才略略懂得了祖母的内心：大雪、丰年、庄稼、日子，一个朴实的梦，一个隐约的心愿。又多年后，在不断老去的时光里，当这些冬日的场景抽丝剥茧地呈现出来，一缕缕的，我终于看见了一个活在农历刻度上的生命，在一份清新质朴的期待里，一些美好的细节与秘密，已注定让所有的过往泪流满面，黯然失声。

雪还是没来，只有一些窸窸窣窣的声音，像是雪子敲打瓦屋，又像风在空中弄出的声响，隐约又真切，让人疑心置身梦境。夜却越来越长，黑黑的夜幕一片沉寂，没有边际。心却是有边际的，在一场迟迟不来的大雪的影子里，每一颗心都让自己醒着，让梦醒着。偏偏这时候，就会有笛声，或者是二胡声从某间瓦屋或茅屋里传出来，声音幽怨、凄怆，像月光，也像流水，流淌在村庄之外，也在尘世之外……夜越来越像一个梦，究竟是谁，总喜欢将自己投寄梦中呢？一缕没有归期的情愫，在梦中，是否真的落红无情，却又永昼难消？于是乎，那村庄，那夜晚，还有你自己，也就愈加迷离，并有几分无倚了。

大雪终于降临时，那个梦就圆了。往往是，在某个秘密的早晨，在猝不及防中，当你打开大门，一场大雪已悄然抵达：厚厚的雪，洁白的雪，从视线所及之处，一直到视线之外，一路铺展着，绵延着；天地之间一片雪白，众声消隐，万物隐退，只有一只白狐，似乎正从远处一闪而过，仿佛一个千年的精魂，在远山那边，消失成一个神秘的隐喻……于是，那期待着的心，悬着的心，就贴紧了地面，贴紧了梦；于是，屋外屋内，心内心外，那个世界，就温暖了许多，安静了许多。

唢呐就在此时响了起来，穿过积雪覆盖的道路，深一声，浅一声，深深浅浅的音符，喜庆或者忧伤，像一些意味深长的线条，跳跃在内心之上，在梦之上。每年的冬日，在我的乡村，总有一些老人要离世，总有一些新的生命要诞生，总有一些新房要落成，总有一些新人要团圆。而唢呐，则是这生生死死、团团圆圆唯一的道具。唢呐响起来，一场戏，就开启或者落幕了；一个乡村，就经历了一个轮回；一个梦，就明白了许多，也忧伤了许多。

不过，唢呐给予我的，更多的却是满怀的温暖。曾经多年，我一直坚信唢呐就是盛开在乡村冬日的花朵，并始终为之情不自禁——

乡村是朴素的，更是简单的，简单得只需要一朵花的照耀，那日子就贴着心灵飞翔了，那些灵魂与肉体的光，那些行程，就鲜亮如月，并坚不可摧了。而我也终于明白，最简单的事物，其实也正是最丰盈的事物。即使岁月嬗变，时光流逝，它依然完整无缺地存在，并一如既往地供你回想。

只不知，在一场大雪来临的冬日，我留下的，那些真实的记忆，又会是怎样的梦境？如此分明，却又遥不可及。

大寒

雪还在下着。雪封住了河面，但断桥还在。半截突兀的桥，在河之岸，在纷纷扬扬的雪中苍然孑立，仿佛时间的遗像，提醒一条河流的前世今生。一只简陋的小舟，还有一些空空的竹筏，在雪中露出瘦瘦的一小截身子。岸上早没了路，一条路，安静地隐藏在积雪深处。隐藏的路会是什么样子呢？路或许是累了，路也许也会累的。时间留在路上的疲惫与沧桑，也许一直在渴望一场积雪的覆盖，渴望覆盖一些隐秘的心事。

落雪的夜晚，天地一片辽远空阔。没有月，星子也藏进了梦里，你却似乎看见如水的月色正从远山流泻过来。一种寂静的天籁，在风中回响，仿佛众神相聚的声音，越过远山、田野、村子，最后落在你寂静的心上。冬夜的梦，就因此长了许多；冬夜的一些心事，也迷离了许多。

荒野深处，断桥之上，几枝梅已悄悄在夜里展开了身子。洁白的梅，隐匿却又突显的花朵，在若隐若现的夜色里独自娇艳，仿佛尘世之外的清艳女子，仿佛在雪之岸，浅吟低唱，仿佛在茫茫雪地，呈现出另一条通向远方和内心的道路。于是，你再看梅的时候，心就蓦然踏实并豁然了；于是，一个绝尘的女子形象，一缕暗香，就入了你的梦，摄了你的魂。

只可惜不见一古人。像这样的夜里，该有一个手持素笺的雅士，在低吟里徘徊，在徘徊里放歌，在一朵梅花的胸房上看透并了却岁月与浊世。左手持刀、右手持花的意境，拈花一笑间，一块隐约的雪地，或许正是烛照心魂的时刻。

倒是有某个老人唱书的声音高低起落。老人已经很老了，他从旧时的私塾里走出来，像一株经冬的植物，枯瘦的身子，随时都有可能在风雪中折倒下去。老人的声音嘶哑，唱词模糊，像一个久远浑浊的梦。唱词里可能有一个村庄的前世，也可能还有他从前的自己，时光是一堆旧画布上斑驳的颜色。于是，一种向深的衰颓感，就弥漫了夜空，弥漫了雪地。你似乎就突然明白，时间原来就是一两声辽远古老的唱词，在风中一响，岁月就悄然嬗变了。

热闹是属于孩子的，孩子的眼里没有时间与岁月。一条冰封的河岸，一块平坦的雪地，都是孩子内心的乐园。在乡村的雪地上，你总会看见三五个孩子，一直在堆砌他们自己的童话，就像昨天的你自己。只是后来，那个童话碎了，留在童话里的梦，却从来没有遗失过。于是你就跟着乐了，在你的眼里，孩子就是时间与岁月，就是梦与梦的延续和接力。那个梦让你知晓生命与尘世的秘密，让你获得坦然与从容。

年节就在此时快速逼近。年节一到，沉寂已久的气候就春风般荡漾了，乡村也像一个沉睡多日的梦，从那无声无息中悠然醒来：大红的对联，纷纷挂上门楣；冲碓的声音，打粑粑的声音，杀年猪的声音，还有年戏的锣鼓声，纷纷都响了；第一声鞭炮响了起来，紧接着第二声，第三声，连绵不断的鞭炮声也响了起来……声音此起彼伏，在旧日的年历上，拉开了一个热闹的世界。

只是后来，这热闹却销声匿迹了。后来的很多年节，除了厚厚的白雪，热闹早已不知所终，包括那些人，在打工的潮声里，纷纷湮没，下落不明，仅剩下荒芜的屋檐，在人去楼空的村里，勉力撑住暴力般的白雪。一把僵硬的铁锁，在风中尘封。遍布的蛛网，飞针走线间是强烈的荒颓，并在你的骨头里若明若暗，极像一些你想要努力抑制的声音，沉重，却必须用心承受。

但春天毕竟要来临的，在人世的改变中，季节是唯一的慰藉。旧池陈荷，王谢之燕，它们都是我们走失的自己。往往是，就在一片萧疏如凉的景象里，就在你还来不及留意时，曾经熟稔的阳光突然就回来了。阳光洒落下来，雪地晶莹透亮，早已耐不住寂寞的鸟，一只不知名的鸟，已开始啼鸣；远山厚厚的白，已开始褪色；那些青苍的岩石、匍匐的枯草，隐约可辨；积雪不断被树枝抖落下来，弄出“噼啪噼啪”的声响；树叶在阳光中不断舒展身子，一只大红公鸡迫不及待地跳到竹林边的雪地上，清了清嗓子，然后引颈长鸣……

远处的池塘，似乎微微动了一下，又动了一下，于是你终于说出了声：“春天就在不远处了。”一个新的轮回，又将在时间中起步了，时间再次撩开了裹紧的面纱。

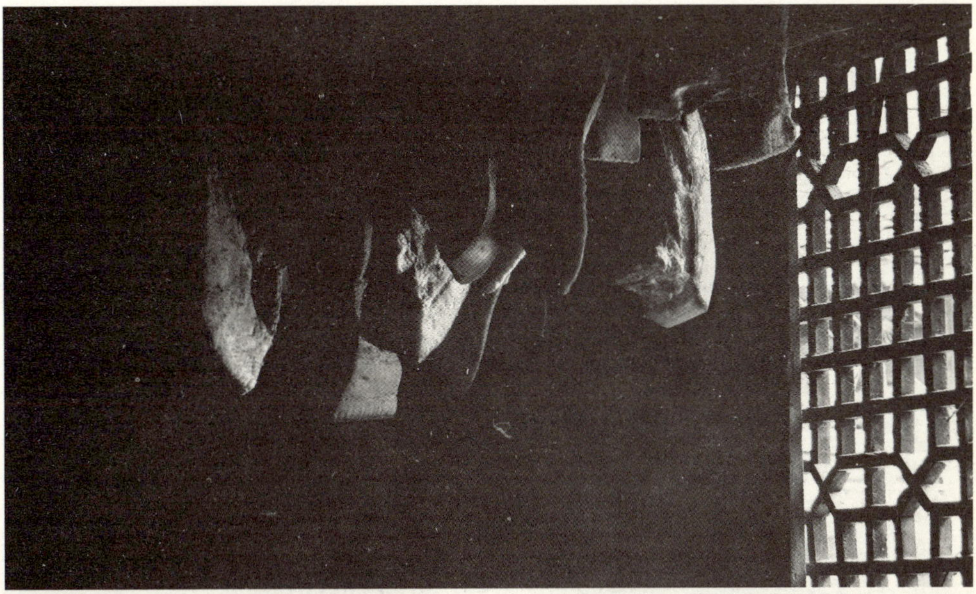

Ba Kou He Xu Shi

坝口河叙事

消息

事后人们一致确定，那天一定有风，很大的风。

风从宽阔的坝口河面上吹过来，风过处，能看见无数的水波涌动，还有一条条的白漂鱼跃出水面，并划出一道道白光；一层黑压压的燕子，紧贴河面飞翔，加快速度后，竟然如一支支飞舞的箭镞，并隐约透出十面埋伏的气息，俨然暴风雨来临前的慌乱与无序。

在风中，突然有人传来了一个石破天惊的消息，说村里要修建火车站，还要建新县城，还说整个村庄都要拆迁。那时候，传播消息的人一脸神秘，手舞足蹈中像极了一个巫师，似乎一个关系村庄的预言正从他一字一句的唱词里吐出来，一字一句，宛如一团团血红的火焰，又像一只只燃烧的蝴蝶，摇曳而且生动。

人们半信半疑。有谁会相信祖祖辈辈生活了数百年的村庄，说拆迁就拆迁了呢？虽然如此，消息甫一露面，还是影子般缠在了人们心里。饭前饭后、田间地头，只要有空隙，消息还是迅速传播了，每个人都在重复着，在不断地猜测和分析。那个影子，先是像一点细芽，每重复一次，就长大一次，再重复一次，又长大一截，到最后，竟然就郁郁葱葱了。所有村人均被笼罩其下，就像一根根针尖，被某块施了魔法的磁铁紧紧吸引。

不过，一方面是消息的不断传播，另一方面却又丝毫看不见拆迁的任何痕迹。有那么几个，还跑到乡政府打探消息。政府的人说："谁说的？连政府都不知道，谁能比政府的消息更灵通？"言下之意关于拆迁的消息纯属子虚乌有。打探消息的人隐隐觉得有某种失落，也终于发现在自己的内心，一方面希望不要拆迁，另一方面却又期待村庄的彻底改变——近些年来，从电视、报纸以及网络上，他们耳闻目睹了不少关于拆迁的事，听到了很多"要想富，就当拆迁户"之类的话。他们所在意的，其实并非对家园故土的留念与不舍，而是对拆迁后大把大把钞票的渴望。答复尽管是否定的，但他们还是宁愿拆迁的消息是真的，所以在短暂的沉默后，一如既往地又开始了对消息的助推，仿佛只要大家齐心合力，只要把消息像皮球一样推得高高的，只要把消息说得越来越逼真，就一定能够将愿望变成现实。

在人们一次次的助推后，关于拆迁的梦想，似乎还真露出了蛛丝马迹。

有人终于发现田野里的某些石头上打下了红点，那些歪歪扭扭的红色字母，在石头上耀眼而又醒目，更像某种密咒。人们开始觉得了迷幻，有人甚至觉得这些字母不是人印上去的，而是来自神灵的启示；据说有人还将字母们带到睡梦中，企图获取某种暗示。到最后，就有人下判断了："凡是打印记的，都要征拨，要赔偿。"

有人问："确切吗？"对方说："信不信由你。"又有人说："你从哪听来的？"对方不置可否，倒是斩钉截铁地扔下一句："总之你就做好应对拆迁的准备吧……"俨然一副先知先觉的样子，容不得半点怀疑。

红色的印记越来越多，到最后几乎只要一抬眼，成群的字母就会随时随地涌进眼帘。只是让人们深以为奇的是，这些字母，无一例外的都是在夜间涂上去的——为什么一定要选择夜间涂上去呢？这无疑便增添了一份神秘色彩。有胆大的，索性夜幕一降临，就隐藏到某处河湾子或是庄稼地，睁大了一双如鹰似的眼睛，企图找到那个往石头上打印记的人，或是某个神秘现身的神灵。但始终没有谁发现往石头上涂抹印记的那个身影——那个身影，从来就没有真切地在村里出现过。

印记还是越来越多。每一个新增印记的出现，都会引来潮水般的人群，同时也会引来一片嘘唏。到最后，一些老人开始神色凝重起来，他们似乎想起了什么，他们的目光与思维一下子回到了遥远的过去。铁匠老汉最先发话了，他已经是村里最年长的了，在村里，他的话一直具有不可置疑的权威性。望着潮水般涌动的人群，铁匠老汉的一双枯爪在风中挥了挥，人群顷刻静寂下来。铁匠老汉沉重而缓缓地开口了："坝口河怕是要遭难喽！"紧接着他还说起了村庄的过去，说有一年有人在坝口河西北边悄悄埋了座坟，弄得整个村庄鸡不叫狗不咬。又某一年某一天，一群黑压压的乌鸦遮住了坝口河上空，第二天整个村子就不见亮了，白天变成了黑夜，而当时他刚好担了一挑水迈出井口……总之，铁匠老汉觉得这些红色印记恐怕是某种不祥的预兆。话音刚落，人群再次涌动起来，有为之惊惧的，也有不相信所谓预言的，你来我去，就像一群乱了窝的鸟……

之后，拆迁的消息越来越变本加厉了。至于是如何变本加厉，却似乎已经找不到合适的形容词。只是能明显地感觉到，在那些纷乱的消息里，每一个人似乎都渴望做一个猎手，在风来风去的缝隙里，他们渴望逮住最确切的那一个。每个人都深深地相信，在不远处，关于拆迁，一定会真真切切地来到，并将关乎他们的切身命运。逮住其中一个，或许就逮住了一根关乎命运的稻草……

种树

有人开始种树了，一边挖坑一边一脸灿烂地骂："他妈的，想不到还真的找到了'摇钱树'！"就像一个突然寻到宝藏而喜形于色的人。

此前的传闻，拆迁与树木总是联系在一起的。譬如谁多年前在某片荒坡栽下的树木，后来修路征拨，一片林子一下子净赚了百万元；又譬如某地拆迁时，某家有一片果树也大大地赚了一把……总之，一棵棵树即是应对拆迁的法宝，树上似乎都坠着沉甸甸的百元大钞，只需轻轻一摇，钱币就会风铃般叮当作响，撒满一地。

栽什么树呢？最好是果树。据说果树的赔偿价格高，要是开花挂果，还会翻上一倍。还有更神奇的说法：有人在未开花的果树上用502胶水将花一朵朵粘上去，也获得了好赔偿。栽什么果树呢？最好栽樱桃树，樱桃树烂贱，成活率高，开花结果早。即使来不及，到时就多买几瓶502，准能赶上赔偿的趟儿。于是，要不了几天，从坝口河两岸，一直延伸到山岭上，就全都栽满了樱桃树。树栽下去，因为命贱，加之都是好田好土，竟然都成活了，第二年春风一吹，便郁郁葱葱起来。

不过，问题跟着就出来了：一边是树活了，庄稼却没了；一边是新县城和火车站迟迟不见动工，赔偿的话题遥不可及，以后的生活靠什么维持呢？于是有人就慌了，甚至后悔了：“这消息可靠吗？”有人还骂娘了：“我 × 他妈，究竟是哪个造的谣，真是害死人了！”不过立即又有人劝开了：“骂什么？慌什么？你看你那副没出息的样子，钱不熬是出不来的，只要最后能赔个几十万，你那点庄稼算什么？”想想也是，骂娘的人似乎衡量到了利弊得失，于是也心平气和地开始了等待。

不过，还是有零星的几块田地重新种上了庄稼。阳光落在风里，稻子和玉米拔节的声音重新降临，物候和节气的气息重新荡漾，一只先前失踪了的布谷鸟，意外地现身，时光似乎又回到了多年前。说来也真奇怪，很多人，尤其是上了年岁的老人，总会越过层层的樱桃林，来到庄稼旁站一站或坐一坐。我无从知道他们的内心，但我可以确定，当他们重新来到稻子和玉米的芬芳里，一定就感到了时光的不确定性。时光此时就像一把刻刀，每一刀下去，都是不可预期的疼痛，以及斑驳的人间世象。

我不止一次遥想他们坐在那里的场景：一边是遍野疯长的樱桃树，一边是不多的庄稼；一边是樱桃树林里纷乱的野草，咄咄逼人的野草，间或还有一只迫不及待趁乱迁徙至此的野兔，一边是几声有气无力刚刚响起又落下去的蛙声，似乎来自多年前的蛙声。就像两个不同的时间页面，一边是过去，一边是未来，人仿佛就置身于时间的临界点。我想，当他们在这里坐下来，一定就感到了被时间拽着往前走的迷茫。在时间的漩涡里，拆迁对他们而言，显然成了某种迷离的刻度。

更多的人家，却依然做着那个有关“摇钱树”的梦。尽管那个梦仍然没有露出其真切的一面，但人们还是愿意一次次亲近它，每一次，似乎都能有切肤的柔情蜜意流淌。人心如此，那遍野的樱桃树，也就在一份有意的庇护下蓬蓬勃勃生长起来，不多几年，就占据了村庄的偌大空间，就像君临其上的事物，把持着村子的话语权。

我总会在一片片的樱桃树前停下来，一站就是很久。总觉得这些樱桃树，显然成了长在村庄身体上的一块块胎记，并成为村庄变迁史上某个特殊的记号。不管你是否正视过，不管你是否留意，它们都一定会连同头顶的太阳和星空，箴言般刻在那里。一直很多年，也许一直到一个村庄彻底消失在人们的记忆之外，它都一定还留在那里，永恒不灭。

关于樱桃树，需补记的是，当后来拆迁的消息终于变成现实，当后来它们被成群地推倒，当按政策规定它们属于违法栽种不给予赔偿时，我原以为村人会竞相一跃而起，为了他们心中的“摇钱树”，跟政府针锋相对地拉锯。出乎意料的是，村人们竟然出奇的平静，仿佛那些樱桃树从来就没出现过，仿佛内心曾经刮起的风暴，都只是梦一般缥缈，一梦之后，便都了无痕了。只是我又一直在想，当樱桃树们轰然倒塌的瞬间，一定会有某个置身于时间漩涡里的老人，用一根指甲悄悄地掐入自己皲裂丛生的肉体……

种房子

种完树，接着种房子。

种房子不比种树，种房子需要投入大量资金，必须郑重，因为郑重，所以也颇犹豫了一会。后来是一句话提醒了大伙，有人说，即使拆迁消息是假的，你投入资金修房，房子永远是你的嘛！言下之意，这其实是一个不会赔本的活儿。此话一出，很多村人一下子乐了，仿佛菩提树下，突然看见了那拈花一笑。

村庄内部，有空余土地的，即使借钱，也要盖上一幢楼房；没有的，就在旧房顶上升，楼层越高越好。先前是瓦房的，就换成钢筋水泥结构（据说瓦房赔偿价格低）。建房之外，还贴瓷砖、铺地板砖，总之要把一幢幢房子包装得价格不菲。越包装得花容月貌越好，越包装得富丽堂皇越刺激，似乎每一块砖、每一根钢筋，一到拆迁时，就变成了一沓沓的百元大钞。这时候，乡政府出面了。他们除了把旧房逐一拍照外，还带来了关于处理违法建筑的文件，要求停止违法建房。但没有谁相信，村人都认定，凡事就是饿死胆小的，撑死胆大的。更糟糕的是，乡政府出面，还从侧面确定了要建火车站和新县城的消息，于是建房行动不是偃旗息鼓了，反而像蓬勃的野火，信心百倍地火速蔓延开来。

几乎就在第二天黎明，当你推开窗子，就发现村庄突然臃肿起来了，前后左右，不分方向，不论位置，全都长满了楼房，就像山野里的树，刚种下去就葳蕤起来，远远望去，歪歪斜斜，挤挤挨挨，像一张巨大的钟形罩。在此之下，曾经的流水远逝，蛙声消失，花朵没落，云彩不现，就像一幅被暴力奸污的风景，芳华凋谢，委顿爬满内心。

还有一些外地人，也纷纷到村里高价买了土地，一买下土地，迫不及待也修起了房子。我有一个亲戚也在其中之列。我劝他："乡政府已经明确不准违法种房，只怕到时被强拆！"说真的我很替他担心。殊不知他一甩手便扔出了一句："你们这些在单位上的就是畏首畏尾，左也是政策，右也是政策，弄得脑袋糨糊似的，根本不敢希望你们办成大事……"总之那份决绝，那份果断，让我羞愧不已。

就连我的母亲也慌了，每一次我回村去，她跟我谈的话题，几乎都是修房子的事。母亲说，你看村里所有人家都在修房，你如果不修房，到拆迁时岂不是要吃亏？母亲总是一副忧心忡忡的样子。有好几次，母亲甚至生气了，还骂我没出息。我能理解母亲的心境。她住在老屋里，老屋又矮又破，在四周耸立起来的高楼之间，老屋连同她在内，像极了一座孤岛。在那里，她一定仿佛置身于人世之外的某个深井，一定感到了沉沉的孤独，她一定渴望有一根绳子（而这根绳子或许就是高额的赔偿）将她拯救出来……但我只能让母亲失望了，因为我明白，我跟村人们不一样，他们没有单位，可以没有政策意识，可以不受任何束缚，而我作为国家干部，政策是头顶的星空，不敢有丝毫的逾越……

乡政府制止违法建筑的通知不断地发下来，发了一次又一次，但始终没能阻止村人的种房行动。到后来，束手无策的乡政府专门组建了一支“制违队”（即制止违法建筑的队伍）。意外就在此时发生了——那是一个春光明媚的午后，成群的樱桃花已经燃烧成一簇簇炫目的光芒，芬芳一如多年的陈酿，一缕缕随风飘荡；远山上蛰伏多时的小草，绿意也一波一波地向前推进；坝口河里，几只放野的鸭子浮在水面，去冬留下的水显然已经变暖变绿；几只早莺已经站在枝头嬉戏……每一寸土地都流淌着春天的气息。后来人们一直都在想，如果不是那突然的意外，也许从那个午后一直到整个春天结束，人们都一定会沉浸在那可人的气息里，甚至有可能还会暂时忘记拆迁的事，将自己深深地埋葬在一份春和景明中……但实际上，那个午后，当村里的二狗正在忙着种房子时，“制违队”已经来到施工现场，一来便没收了二狗的施工工具。生性刚烈的二狗，随手一挥，一根钢筋就抽打在了某个干部的身上……

二狗被逮捕并公开宣判的那天，人们都意外地停止了种房子，整个村庄就像潮水退去一般，一下子静了下来，静得能听到樱桃花落地的声音。那一天，越来越繁茂的樱桃花在风中开始坠落，季节在不经意间已经悄悄转身，只是没有谁能注意到这一细微的变化，正如同没有人知道从这天起，关于拆违的故事，已经在悄然酝酿，并很快就要让人瞠目结舌了……

拆违

一转眼便到了冬天，但已经很少有人会注意到冬天的来临。在拆迁的消息中，人们已经无暇顾及季节的迁徙流转了。

成片的樱桃树并不知道这一变化，依然按着季节的指令在时间深处行走，它们就像一群群溃退的士兵，失去绿叶的掩护后，先前的井然有序已经荡然无存，一根根散乱的枝条，仿佛伤残的手臂，瘦瘦的肋骨在风中尽显杂乱狰狞，集体向前的目光暗淡昏沉，耷拉着的脑袋无精打采，一张张枯黄残缺的叶，将整个田野弄得一片狼藉，有几枚还在风中翻滚，似乎能听到它们内心的瑟缩和尖叫。坝口河面上铺满了落叶，腐烂的气息通过连日的阴霾和雨雾的勾兑，突然间爆发出来，从坝口河两岸一直传向很远。村内村外，始终飘浮着刺鼻的异味。

有几个病怏怏的老人坐不住了。他们用一根拐杖撑住颤巍巍的身体，拼尽力气从门缝里探出头来试图弄清这股异味究竟从何而来，但很快就把头缩回去了。腐烂的气息在无遮无拦的风中尤其呛人，只一口就足够让他们破败的喉咙承受不住。他们甚至把窗户也紧紧关闭了，他们要力争把每一缕腐烂的气息堵在身体之外。他们重新在火炉边坐了下来，坐下来时，情不自禁地就感到连时光似乎也霉变了，一切似乎都在朝着毁坏推进——但似乎又不是，总之没有谁能辨识得清。在他们阅尽沧桑的视线里，从来没有任何事物让他们如此惶惑，如此不安。

就在他们把所有的窗户紧紧关闭不久，屋子外边终于出事了——人们曾经一千次一万次设想过，但也一千次一万次不愿相信的对违法建筑的强拆真真切切地发生了！

那是某个清晨，腐烂的樱桃树叶在隐匿多日后重新莅临的阳光里竟然呈现出几分清新的味道，一群鸽子从某个屋檐下起飞，一直飞到坝口河上空，它们长久地在那里盘旋，不断旋转出优美的弧线。就在人们的目光纷纷被钉在那弧线里时，村子一下子变得喧闹起来，把目光从天空里放下来，就看见大批的队伍在一辆挖掘机的带领下，洪水般灌进了村里，最后在某幢新修的楼房前停了下来。队伍很快围成一个圆，并远远地拉出了红色的警戒线，在简单的喊话后，挖掘机就扑向了楼房，再下去，就亲眼目睹了一片废墟生成的过程……

第一户被强拆的是村小某教师的房屋。该教师占用的土地是集体的荒山，群众不同意，纷纷签名上告，要求乡政府对其实施强拆并归还土地。不单是乡政府的，县委、县政府的主要领导，还有公安、消防、武警、城管等单位的都来了，方圆十里的人们也来了，人群如潮，水声喧哗，一浪高过一浪。挖机长鸣，尘灰掠地，就连那些正在旋转的鸽群，显然也被惊动了，在潮水般的混乱开始时，就慌忙飞散了……我敢断言，如果多年后回忆起这一幕，每一个亲历者必将会记得，这一天就像一个隆重的节日，它所提供的想象，远远胜过村庄史上成百上千的日子。就像某个重要时刻对于一颗心灵不灭的影响，它不但贯穿记忆，还与时间休戚相关，荣辱与共。

接下来，几乎每天，人们都能听到拆迁的声音。每一次，围观的人群都汹涌如故，不管跟自己有无关系，都舍不得错过，就像百看不厌的一场大戏。只是后来，情节就有点冲突了——有某个妇女，一手抱着液化气罐，一手点燃打火机，声称只要拆迁队伍敢靠近，她就死给大家看；还有一户人家，组织了二三十人，手持棍棒，砖头堆满楼顶，声称只要拆迁队伍踏进楼房，就拼个你死我活……但冲突终于都平静下来，一切都风平浪静得有些意外。只是那沉重的挖掘机的声音，从此总爱袭击村人的梦境。尤其是被强拆了的，几乎都在梦里听到过，就像秋风卷过落叶，刀子掠过身体。再然后，失望与孤独迅速疯长；到最后，时间也入了梦境，一切都变得虚幻起来，伸手之间，握住的，似乎已不是原来的自己。

拆违事件很快就传进了那些紧紧关闭着的窗户里面。那些在樱桃树腐烂的气息里终日躲着的老人，毫无例外地一下子站了起来，他们颤巍巍的身子，仿佛一下子精神了许多，遭遇刺激后的那一份伸展，竟然弹簧似的充满了力度。他们几乎毫无例外地异口同声地说："真是作孽啊，这都是一张张的钞票垒起来的啊！真是作孽，作孽啊……"在他们几十年的人生岁月里，并不懂得什么火车站、新县城，不懂什么规划，更不懂违法建筑，他们只知道，一张张钞票浸透的都是血与汗，再没有比糟蹋血汗钱更能让人感到心痛的事情了……

整个村庄就像一架瘫痪了的机器，忙着种房子的各种声音消失殆尽，甚至听不到了人们的说话声。一只羊偶尔从那里走过，落日映在它的身上，洁白的毛焕发出金色的光芒，它不断地嘶鸣，不断地扬起后蹄和屁股，在风中旋转着舞蹈，看得出它还像先前一样欢快——这又有什么关系呢？一只羊，它毕竟活在尘世之外，尘世里的一切，什么违法建筑，什么强拆，跟它又有什么关系呢？

最终让人们不得不抬起头来的是那一场雪。就在拆违不久，入冬以来的第一场雪就落到了坝口河。雪来得很大，也很突然，只一夜，就将所有的楼房以及空荡荡的樱桃林覆盖。人们突然想到，快过年了——不管拆不拆迁，年总要过的，日子还得要过下去！于是那梦境般的心思，终于就落到了地面，显出了几分贴着生活的真切感。曾经可触可摸的生活，似乎也被找了回来。一团团雪，仿佛携着几分欣慰，从樱桃树的枝头跌落，响了一声后，就落到地面上，迅速绽开成一朵朵引人遐想的梅……

昆大叔

一场积雪后，樱桃树叶腐烂的气息，就消失了。有经验的人都知道，雪其实就是一条暗河，在那些看不见的底下，一切污垢的、不愉快的事物，都会被融化，被流走，一捧捧的雪挟裹着它们，从岸上跌落，落到坝口河里，最后流向远方，流到人们看不到的地方。

积雪已经重复了好几次，第一次刚刚化掉，第二次又来了，仿佛有意地要将所有腐烂的气味洗掉一样。这时候，人们终于仔细打量起那些樱桃树了——它们身陷于一片无边无际的白，层层叠叠，上下起伏的曲线分明。一只野兔从雪地深处出现了，跌跌撞撞地，仿佛从童话里突然蹦出的某个白色精灵，一双血红的眼睛，在一片雪白中燃烧着，把整整一个雪地映衬得神秘无比……

要是换在往常，人们一定会一跃而起扑向那只野兔，一只神秘出现的野兔，完全有理由能挑逗起人们兴奋的神经。但现在，跟那只野兔的对视，人们仅仅用了一秒钟。一秒钟后，所有目光又望向了一幢幢刚刚被推倒的楼房——有点不可救药，但又无法拒绝。自从拆违以来，这种凝望已经成了一种情不自禁，自觉或不自觉，人们都喜欢在那个方向里长久地停留。相对于一只野兔而言，一幢幢被推倒的楼房，更能引人想象，也更能让人安放自己的内心，尽管那内心始终像雪地一样空茫。

这时候，很多人家的外墙上，都被乡政府用红漆写上了一个大大的“拆”字。因为雪无法落到墙壁上，所以红色的“拆”字也就显得格外耀眼。一个个红色的“拆”字一起突显出来，直至连成一片时，突然就让人有些惶恐。惶恐什么呢？你突然就想起了当初那些风起风落的消息，那些石头上的神秘印记，突然就觉得这一切的底下似乎真的就藏着无限的秘密，突然就觉得似乎真的有一种迷茫与孤独，它是那样的真切如铁，却又有点梦幻般的缥缈无依。

昆大叔要算得上这众多迷茫和孤独心灵中最典型的一个了。说他与众不同，是因为虽然他的外墙上照例也涂上了一个红色的“拆”字，但他盖房子的初衷，却并不是那种想要赚取赔偿的所谓“拆迁思维”。昆大叔家老屋就在我家老屋背后——说是老屋，其实只是他父母早年盖下的某幢房子的其中一间，其他几间被另外的两个兄弟占着，每人分到手的平方数可想而知；还有80岁高龄的老母亲无房间可住，也被挤到楼上去搭地铺了。多年来，昆大叔最大的梦想就是拥有属于自己的一幢宽敞的房屋，但因为贫穷，这个梦就像天边某朵遥远的云，一直遥不可及。后来昆大叔一咬牙，把房门一关，带着妻子儿女举家外出打工，当他们终于“凯旋”而归时，已经是五年之后。而这时候，恰是乡政府制止违法建筑的文件不断下发的时候。昆大叔也曾为此犹豫过，但对一幢房子的渴望就像一团烈火，炙烤着他的心扉。再加上目睹那些热火朝天地种房子的大军后，昆大叔迫不及待地也在自己的责任地里修建起了房子——这样的经历使得昆大叔面对那个红色的“拆”字时，梦一般心疼，也梦一般破碎。

昆大叔一直不敢相信有这样经历的一幢房子竟然要被拆除，他最后弄来了白色的油漆，将那个红色的“拆”字覆盖——但他同时也知道这不过是自欺欺人的做法，他知道这个“拆”字早已记录在了乡政府的档案里。整整一个冬天，昆大叔一直被一个“拆”字弄得神思恍惚，总是从村头走到村尾，又从村尾走到村头，有时也走到野外去，甚至是钻到樱桃树林里去，厚厚的积雪被他踩得“嘎吱嘎吱”地响。厚厚的积雪就像浮在虚空里的云，每一脚踩下去，他都能明显地感到那种轻飘飘的感觉，甚至觉得自己沉重的身子，将会从那些云朵中坠落下去，一直坠落到某个深不见底的地方。雪地里的那只野兔在灵光一闪后早已消失得无踪无影，只把一份神秘，继续留在雪地深处。整个雪地只剩下昆大叔一个人，他始终不说一句话，甚至连随意吼上一两声也不愿意——他为什么不随意吼上一两声呢？后来我一直想，吼上一两声，也许他心上的阴霾，说不定会随风化去。

昆大叔一直就在雪地里走着，就像另一只出现的野兔。只不过这只野兔，一双眼睛暗淡无光，一副迷路的样子，甚至已经忘记了来时的方向，只是永无休止地在雪地里行走，内心的阴霾越变越厚，越变越沉，跟先前出现的那只野兔比较起来，他的内心显然要狼藉和潦草得多。而我们必不能忘记的是，在那无边无际的雪地里，昆大叔还跟妻子发生了结婚以来最激烈的一次争吵，争吵的原因是他对妻子说，如果乡政府真的要拆掉他的房子，他就不准备活了，他要用他的死亡换回房子的赔偿。但他话音刚落，妻子却不依不饶了，妻子说要死也应该是让她去死，她一个妇道人家做不成什么事，必须留下丈夫继续撑住这个家……夫妻俩就这样一直吵着，你不让我，我不让你，整整一个冬天，关于让谁去死的问题，谁也说服不了谁，谁也寸步不让、寸土必争……

后来，我一直在想，那个冬天对于昆大叔一家而言，无疑是漫长的，现在，或许他们早已经忘记了那些沉沉的阴霾（因为政策调整，昆大叔后来得到了赔偿），我们却注定无法忘记——我们又怎能忘记呢？那些阴霾，那些郁郁孤独的内心之旅，尽管只是属于一个人的，但足够让我们用一生的时间去铭记，去怀想。

施工队

往年这个时候，人们早已聚到坝口河边看积雪融化的场景了。在一抹刚淋湿过的朝阳里，一团团雪从草木上滚落下来，湿痕一点点漫开，宛若一朵朵卷开的花瓣；紧接着，花瓣消失，只留下缕缕余香，和着湿润的空气，神清气爽。一缕缕状如烟霞的水蒸气向着天空飞升，仿佛飞天的姿势，一股股雪水一路欢呼着、奔腾着，一起奔向坝口河，一份似乎冲破生命禁梏的欢愉，年复一年地与人为邻，甚或是某种图腾，植根于村庄之上。

曾经很多年，在村人看来，坝口河上积雪融化的场景，它不单提醒了春天来临的气息，更主要的是，它就像一句无声的告诫，告诫人们在经历一冬的沉寂后，生命就该舒展拔节了。年复一年，这样的朴素的简单的生命箴言，就在坝口河上积雪融化的时节不断上演，并构成村庄一道独特的风景。但现在，在纷乱的拆迁的声音中，这样的风景显得脆弱无比，几乎再没有谁愿意到坝口河边去倾听那近似神谕的声音。那些有关生命的箴言，在拆迁来临时，一下子都无足轻重了。

现在，人们紧紧盯着的，已经是一支在他们看来格外新奇的队伍。

他们是进驻村里的施工队。他们带来了大型挖机、测量仪，还有很多沉重的钢铁，俨然全副武装的样子，其壮观的阵容，在建村史上尚属首次出现。每个人都在为之惊呼，也在为之预测，都在想，他们的到来，必将让村庄拐上全新的轨道。

人们停止了手中的活计，每天都潮水般涌向施工队，兴奋地看他们张贴宣传标语、搭建临时住房、测量、施工，甚至看他们某个人低头冥思……他们的每一个笑容，似乎都是新奇的，更是美妙和让人陶醉的，就像一首优美的旋律，或是一缕沁鼻的花香；他们的每一句话，似乎都藏着无底的芬芳，不断诱惑舌尖上的味蕾；他们的所有细节，似乎都关系村庄的未来，都将是引爆村庄的导火索……

很长一段时间，人们的脚步都紧跟着这支队伍，只要是队伍所到的地方，必定要围满了村人，似乎是在跟踪，也似乎是因为好奇，总之是男男女女、老老少少，总之是一大群人，每天都把对一支外来队伍的围观视为唯一的事情。只是，看着看着就有人觉得恍惚起来，从那些神秘的红色印记开始，一直到拆迁以来发生的一切，就蒙太奇般一一浮了上来，像云彩，一朵朵、一团团悬在远天，一丝丝、一缕缕不着边际……关于这个细节，每一次想起，我的确都会涌起沉沉的孤独——为什么会觉得孤独呢？仔细想想却又理不出个头绪，总之只觉得在那孤独里，有一份颤动，更有一个村庄的疼痛……

施工队就住在坝口河两岸。一排排精致的活动板房，花花绿绿的倒影映到水中，宛若水上森林，又仿佛遥远的、幽深的歌子，在另一个世界独自妖娆。几朵不多的莲，沉静而高雅，一滴滴水珠不断从莲叶上滑落，一朵朵莲瞬间宛若凝脂玉体，楚楚动人。入夜时，还会有咿咿呀呀的二胡声，从某间活动板房传出来，把一地朦胧的月光，也拉成了染满霜色的泪眼。人们有事无事，总会被人拽着似的往坝口河走，即使只在这里站一站、望一望，即使这些风景到最后都会变成无聊，但他们总还是要来，在这里站一站、望一望，内心的那个梦似乎就会明晰起来，人也分明会获得某种说不清道不明的安慰。

只是这种安慰很快也像坝口河一样流向了远方。事情的起因是突然有一天，从新开凿的隧洞里抬出了好几具施工队员的尸体，据说是在挖隧洞时塌方给压死的。如果事情到此为止，也许坝口河边那些风景给予村人的安慰还将会继续，但关键是，尸体抬出来后，就被草草埋在了不远的山头上。在村人们看来，一个人死了，总要通知家属的，不论离家多远，也总会有亲人前来认领尸体的（当然，后来的确也有亲人来挖出并带走了他们的尸体）。到此，村人们忍不住一阵惶恐，忍不住第一次打量起这一群人的命运，尤其是，在后来的夜晚，人们再也听不到那咿咿呀呀的二胡声，并断定在几具尸体中一定有一具属于二胡的主人。于是一份对于人生命运的感叹，突然就像暴涨时的坝口河，一时间波涛汹涌起来。也从此，那些终日围观的人群终于散去。

不过，另外应该是有事情可做的。听说施工队工资高，有钱，于是有人想到在施工队驻地开个小饭馆或是卖点百货之类的。出主意的觉得发现了一个重大的商业秘密，一拍大腿后，就风忙火急地张罗开了；先是一家，再是第二家，第三家……出乎意料的是，人们很快发现了不好的兆头乃至事实：村里一个年近四十的妇女，竟然在那里怀孕了，而她丈夫多年前就做了绝育手术的——事情败露后，在众声讨伐和羞愧中，她连夜喝下了一瓶甲胺磷，以生命的代价做了了结；再一个少妇，丢下丈夫孩子，跟一个小工头私奔了；还有很多年轻妇女，一直在跟施工队的发着暧昧的手机短信……一场意外的爱情瘟疫大面积在村里泛滥，就像一些有毒的花粉，一场大雨后，沿着潮湿的花叶迅速传播，大有毁噬一个村庄的趋势。一时间，人人自危，所有的小饭馆和小卖部不约而同被拆除，就像失败途中的大溃退……

我也终于发现，有一种莫名的担心，正在心底一点点蠕动，像一些虫子，缠绕如疼痛的小小的墓冢。我想，此后不远，一个村庄的秩序，或许真的就要更改了——不单是形式上的，更是本质上的，它彻底地关乎生活，甚至情感本身。

再几句话

我再一次回到坝口河，已是秋风渐紧的季节了。

从逝去的落叶身上，我一如既往地看到了多年前季节呈现的正待枯萎的面容：苍黄的天底下，秋风是寒凉的影子，曾经如潮水般覆盖村庄的樱桃树，已经在挖掘机的轰鸣声里一排排倒下去，留在山岭上的，也是叶子落尽，清瘦的枝干活像一根根瘦骨伶仃的肋骨，我能嗅到它们被凉气挟裹的那缕萧瑟；鸟雀仅剩下最后的几只，在光秃秃的枝丫间颓然地徘徊；曾经碧波荡漾的坝口河，也被一条条横生出来的马路切割成碎片，失去了方向的流水四处乱淌，像极了彷徨的一群；倒是荒草、荆棘与藤蔓，依然漫无边际爬满山野，似乎一段无边的旅程；偶尔的野棉花，夹在其间，一缕缕白，很快就隐没无痕，让你蓦然间窥到某种事物的强大与强悍——就像来自时间的胁迫，呈现的或消失的，都是身不由己的，也是不留余地的。

挖掘机的轰鸣声越来越紧，火车站若隐若现，那条长长的铁轨已清晰可辨，新县城的轮廓已经呈现出来，一排排高大崭新的楼房耸立在坝口河两岸，还未耸立起来的亦是呼之欲出。村庄原来的房屋已经拆除得所剩无几，而且均是些低矮的瓦房，它们在那里，就像瑟缩的一群……但已没有谁再关心这些事了。从残剩的村里走过，我再没听到有关火车站以及新县城的议论声，一夜之间，它们都已经是跟人们毫不相干的事物。即使如炊烟，也缄默一如陈年的心事。一切都是静寂的，村庄就像偌大的墓群，无声无息，一片枯色。

母亲一个人待在我们家的老房子里。因为天气渐冷，她终日足不出户，仍像多年前一样摆弄着手中的活计。很多年了——远在传来建火车站和新县城消息之前的那些年里，因为我们兄弟姊妹离开村庄生活的缘故，房子就已经呈现了老相。母亲不止一次叫我们兄弟重新翻修，她说即使走得再远，老房子毕竟是根，人就像一片叶子，总有一天叶落了要归根。尤其是村人纷纷建房想要赔偿时，母亲觉得理由更加充分了，多次催促我们，甚至还跟我们怄过气。现在，我跟母亲坐下来，她已不再谈论翻修老房子的事，但还是提起了火车站和新县城的话题。母亲希望一旦建好后我们就搬回来。母亲说，在自己的村庄生活，熟山熟水的，就连做一个梦也踏实……

我已决定按母亲的意见择时回来。只是母亲不会知道，当我回来，早已物是人非了——据我所知，村内村外都已规划，一个村庄免不了被拆散的命运，到时，村人们都将像一些被切割的碎片，零散四方，剩下的，大多是一个模糊的影子。不单是一个村庄的外貌，包括生活，包括所有的内心，都将是另一个陌生的世界……当然，我不会告诉母亲这些，我不愿让她感到一丝的忧伤。因为我深知，在母亲而言，她对一个村庄的认同，就像对一座老房子的认同一样，满怀深情，根土不离。

后来的一个黄昏，秋风如水，寒鸦低飞，暮色渐至浓稠，在回城的路上，在新修建起来的宽阔的广场上（以前的村口），青林大叔把我喊住。几年不见，他已经老了很多，头发花白，两鬓带霜，腰身明显塌了下去……正在凝视间，青林大叔先说话了，他说：“我问你一个问题。”我说：“问吧。”他说：“你是文化人，你说说，今后火车来了，新县城来了，土地没了，我们这些快死了的人倒无所谓，那些找不到钱的儿子儿孙吃哪样？……”

我如遭电击。我没想到憨厚老实的青林大叔会说出这话（我的确也从未想过这个问题），这是否就是他最深刻的一次言说呢——充满担忧与悲悯，甚至还有了隐约的诗歌与哲学意味。由此我觉得，多年后，我一定会想起青林大叔，我会想：在行将消失的村庄，火车穿过的前夕，他或许就是那个最后的智者。就像一株死掉的胡杨，在深埋的废墟上昭示时间与尘土，肉体与灵魂……

Zhi Xu Nei Wai

秩序内外

改变

因为征地拆迁，我回村给曾祖他们迁坟。我从未想过要给他们迁坟。以前，我跟着爷爷来给曾祖他们上坟，挂纸，添土；后来我又来给爷爷挂纸，添土。我一直觉得，爷爷跟他们一起排在死亡的队列里，其间风吹雨打、云聚云散已然尘埃落定。我从未想过有一天他们还会被干扰——时间真讨人嫌，即使已经沉寂的事物，也不放过；时间总在猝不及防之际，就将某些意想不到的茫然推置前台。

譬如现在，我不得不承认，当我把坟墓揭开，目睹曾祖们残剩的骨殖，除了恍惚，还是恍惚。骨殖是恍惚的，荒草是恍惚的，蝴蝶是恍惚的，天空是恍惚的，泥土也是恍惚的，时间以“恍惚”的形式，让我刹那间变得恍惚起来，一切都恍惚起来。其他道具纷纷退去，“恍惚”作为某种事物，作为茫然的代言人，成为这个现场的主角。

我恍惚看见，一座座坟墓，像一株株植物被连根拔起。

我们常说植根于泥土，说的是一种不变的生命或是信念，但现在看来，这实在只是我们自己的一厢情愿。你说植物有根吗？当然有。但这根总有一天会被拔起，最多只能算风中的一个影子，或者某个苍凉的手势，只轻轻一挥，就消失了。我曾经痴迷于这句话：你的亲人埋在哪里，哪里就是你的故乡。这句话说的还是根——坟墓是根，我们就像一株植物，双脚插在亲人们骨殖的深处。但现在，我还会为这样的叙述和视觉所痴迷吗？——当一切都在改变，当那个根终于显得不可靠时，我想我已经失望了，至少是动摇了，有的只是落寞，甚至是惘惘的威胁。

最后一句原是民国一个女子说的。女子身处乱世，一切都在改变，时代在改变，爱情也在改变，也一切都显得不可靠，所以她感到了惘惘的，还有威胁。那是漫过心灵的孤独与荒芜。而现在，因为建设需要，一座接一座的坟墓被拔起，一株又一株的植物被拔起，这是不是另一种形式的改变呢？肯定是。这个时代一切都在改变。坟墓在改变，土地在改变，庄稼在改变，天空在改变，河流在改变，我们自己也在改变。永远不改变的，根本不存在。以前有地老天荒的说法，现在我怀疑它仅仅是一种传说——所谓传说，就是不真实的，也是不可靠的。

一切都显得不可靠，包括梦。就在给曾祖们迁坟的头天晚上，我父亲说他梦见我爷爷坐在我们家老屋里。爷爷是曾祖的儿子。爷爷去世已十年，为什么会突然梦起他呢？直到联系起迁坟，父亲才恍然大悟——父亲认为，要给曾祖们迁坟，爷爷就回家来看看了。时间的巧合让父亲觉得，死去的亲人一定是有灵魂存在的。作为亲人，虽然他们去世了，但他们一直还在那里，还在默默地注视我们。

父亲的灵魂之说，再一次让迁坟事件变得恍惚起来。

恍惚。恍惚。一切都是恍惚的，一切都是不可靠的。

只有曾祖们的骨殖是真实的，但也真实得那样恍惚。关于他们，我从未见过，他们去世时，我远还没来到这个世界。再加上他们并不曾留下任何一张照片，也无半个文字流传，关于他们，以前只能靠想象，现在也还是靠想象——想象的下一阶段就是恍惚，恍惚于他们脱落的骨殖，恍惚于他们斑驳的面容，恍惚于时间制造的残酷。血脉与亲情在这里如同一缕风的虚无，更像顷刻间溃不成军的某种认同。

这种“恍惚”还体现在：有些人家的坟墓早已空空如也，即使掘地三尺，也始终寻不到一块骨殖，在走失的背后，一切都像个秘密——消失的骨殖是恍惚的，血脉与亲情是恍惚的，往事是恍惚的，握不住与看不见的都是恍惚的，唯有时间的不可一世是真实的，唯有一份在时间面前俯首称臣的疼痛和忧伤是真实的，唯有一株连根拔起的植物的命运是真实的……

那么，你可不可以读一读这几句呢？“不管它们如何显现，都不是真实的。一切事物都是假的，不真实的。它们像幻影一般，不是恒常的，不是不变的。希求它们又有什么用呢？恐惧又有什么用呢？只不过是把不存在的当作存在而已……”（藏传佛法语）

读一读，或许你会感受到在改变中的一分安详？但我们需要安详吗？不知道，也无法确定。

声音

我和母亲都听到了那声音："哗啦啦——哗啦啦——"

我说的是挖机的声音。只一声，真的只是一声，很多事物就流水一样消失了。

房屋消失了，土地消失了，河流消失了，野草消失了，稻谷消失了，玉米消失了，时间就像某个脆弱的页面，鼠标轻轻一点，就覆盖了，就消失了。

没有谁有错。挖机没有错，鼠标没有错，被覆盖的事物更没有错。如果硬要说有错，仅仅是时间在这里拐了个弯，一拐弯，方向就发生了变化。而方向也没有错，要说有错，最多只是时间出了个意外。

一切都是意外。在村里建火车站是意外，在村里建新县城是意外，房屋被推倒是意外，土地被推倒是意外，野草、稻谷和玉米被推倒是意外，就连村人本身也还是个意外——在那些声音里，他们意外地感知了一切，也意外地遭遇了一切。

没有谁能够预料到这一切。他们不能，我也不能。

唯一可以确定的是，自从征地拆迁以来，我们每天都能听到那声音，"哗啦啦——哗啦啦——"以前是鸡鸣狗吠，"咯——咯咯——咯——"，"汪——汪汪——汪——"，此外就是鸟鸣声，"叽——叽叽——叽——"。虽然杂乱，却是安静的——庄稼安静地生长，鱼儿安静地游动，花朵安静地开落，四季秩序安静地不动声色，一切都是安静的。就像《圣经》所描绘的那种安静之境——"你们要守我的安息日，敬我的圣所。"澄明，可以接近神祇。现在的环境却已经俗不可耐，而且充满了暴戾之气，"哗啦啦——哗啦啦——"，全是石头与钢铁碰撞的声音，全是硬邦邦的声音，全是摧毁性的声音。说它像流水，那是一种有意的淡化，其实它藏着火，不单要烧灭一切，还要吞噬一切。

母亲是胆战心惊的。我也是胆战心惊的。每天，我跟母亲坐在老屋，听那声音一点点逼近，“哗啦啦——哗啦啦——”，每响一次，我就似乎看到正有一座老屋，像一个人的身子，被捣起一截肠子，或是被挖下一片肉，总之是血肉模糊的那种。我仿佛还看见，那锋利的铁爪，每一次声响之后，离我们又近了一步。我甚至觉得，那铁爪，分明是要赶尽杀绝，要掳走村子哪怕是残剩的最后的一鳞半爪的时光……

“哗啦啦——哗啦啦——”，一座又一座的房屋被推到了。一起被推倒的，还有人心。都说人心是最复杂的事物，这其实是一种误解。譬如这时候，当那些声音不断地响起，心就只剩下两个字：“彷徨”。事情其实很简单——在不断消失的过程里，一切都被吓跑了，整个人心，只剩下不知所以。

有点疼痛。能不疼痛吗？

为了这份疼痛，其实我早就想逃离了。只是母亲舍不得，说她一定要坚持到最后——她要亲眼看到她一手修建，也安顿了她一生的老屋是如何被推倒的，是如何在她眼前消失的。从心的层面而言，这近似于某种信仰，充满悲情的信仰。我知道这是很残酷的一件事，但我更知道我无法避免这一时刻的到来。我唯一能安慰自己的，就是尽量陪着母亲，跟她一起困守在老屋里，一直到最后。

幻觉就是此时产生的。我觉得自己恍惚置身于一座孤城——四周的城池在一座座陷落，天空在陷落，牛马猪羊在陷落，鸟儿在陷落，我们也在一点点陷落。陷落就像被蚕食的感觉，一点点，不断推进的过程，一点点地让人感到死亡的气息，绝望的气息。

最后一点很关键。我认为绝望比死亡更可怕。死亡不过是一种过程，绝望却是一种彻骨的荒芜。这样说是不是有点夸张呢？一定不是。在我而言，当我跟母亲困守在老屋，当那“哗啦啦——哗啦啦——”的声音像洪水一样要将我们吞噬，我没有惧怕老屋的最后消失，没有惧怕时间的消失，我只是触摸到了心在一点点变得荒芜的模样。

有多少人有这样的感觉呢？

我希望除我之外，不要再有他人。我希望每个人都活在原来的秩序中——不变的秩序很多时候即是难得的幸福。这样一说，我似乎就显得有些居高临下了，悲悯有时也讨人嫌——你为啥就要为别人而悲悯？你为啥就觉得你要高出他们？——这真是个很麻烦的问题，谁也无法说清，包括时间在内。

也就是说，除了我和母亲，关于那些声音、那些感受，我想最好还是不要声张，更不能夸大其词（但愿我所说的“绝望”真属于夸张）。我希望这仅仅是一个个案，最好是我一个人意外的内心感受。因为，旧事物消失，就意味着新事物的到来；而新事物，它们应该都是美好的，至少是顺应时间而生的。至于那份“彷徨”，我也相信，它不过是某个暂时的心情驿站，并不妨碍我们对美好事物的理解与接纳。

混乱

一切都混乱了。天空不再是原来的天空，土地不再是原来的土地，村子不再是原来的村子，就连人，也不再是原来的人了——我说的是秩序，已经混乱的秩序。

自从征地拆迁以来，一切都在朝着混乱的方向挤。就好像凑热闹，你往里挤，我也往里挤，他还是往里挤，我们大家都往里挤。往里挤的原因是，你慌了，我也慌了，他还是慌了，我们大家都慌了——不慌能行吗？征地拆迁，原来的土地不在了，原来的房屋不在了，原来习惯了的生存秩序不在了，一切都只剩下陌生，只剩下不确定，就像被突然端了窝的鸟雀，除了混乱，还是混乱。

说到鸟雀，鸟雀真的也混乱了。树被砍了，房屋被推倒了，树上的乌鸦和喜鹊，屋檐下的麻雀和燕子，一下子找不到窝了。找不到窝的鸟雀，整日里乱飞——该怎样比喻它们呢？还是反过来说人吧，对了，它们就像突然遭遇大变的人群，惶惶然，也戚戚然。它们四处乱窜——此时此刻，最基本的身体归宿，一份现实的生存与生活，显然已经构成它们的末路，以及末路上的迷茫。

蚂蚁也变得混乱了。一群蚂蚁聚集在那里有序地迁徙——它们要迁徙到何处去呢？或许它们已经感知到了正在来临的那份“改变”，并在远方找到了属于自己的家园。但已经来不及了——还没走远，卷起复又落下的泥土与石头就吞噬了它们的身子，生命转瞬间成为混乱的殉葬品。

还有那只可怜的野兔，它显然也变得混乱了，至少是心灵已经混乱了。一个最突出的表现是，先前它只在白日里出没，现在却换在月亮下行走了。现在，它就蹲在某块岩石上，耳朵贴着风，似乎在嗅着什么气息，也仿佛真的嗅到了什么气息，总之它是在某个月夜，趁着星光逃亡了……于是所有的月夜都显得混乱了，一方面是那些植物不断地被割倒，另一方面是那些不断裸露出来的无处隐身的其他的兔子、野鸡、黄鼠狼……也纷纷趁着夜色逃往他乡……

就连词语也混乱了。如果说“种树”，你肯定觉得天经地义；但如果说“种房子”，你也不要觉得惊诧。在一个混乱的环境里，任何怪异的事都有可能发生。房子在这时候完全是可以“种”的，房子就像一株植物。而且这种说法还来源于官方，来源于白纸黑字清清楚楚明明白白的红头文件，你大可不必怀疑，怀疑是没有意义的。

为什么要“种房子”呢？因为要拆迁，就要赔偿；要赔偿，就要“种房子”。房子“种”得越高，赔偿的价格就越可观——很简单的逻辑，不用推理也能明白。但关键是，许多人却不明白另一个词：“抢种”。抢种庄稼可以，如果“抢种房子”，就是违规建筑，要强拆，分文不赔。我们说房子就像一株庄稼，那仅仅是个比喻，比喻从根本上是靠不住的，于是矛盾往往就给制造出来了——一方面是政府要执行国家政策，一方面则是群众要维护自己的利益，拆迁瞬间变成一种对抗，变成一种混乱。

就连村庄内部也混乱了。先是村邻之间，先前你堆放茅草也行、我搁置农具也可以的土地，现在突然寸土寸金了，于是界限必须分明了，争执也不可避免地发生了——你说土地是你的，我说土地是我的，来回拉锯，最后甚至刀枪相向。然后是家人与家人也在制造混乱了，夫妻之间、父母儿子之间、兄弟之间，甚至是出嫁多年的女儿也跑回来高声嚷着要分钱了……

而我必须强调的是，关于“混乱”，时至今日，我觉得它实在是一个最具摧毁性的词。它可以瓦解一切，包括我们的情感，我们对事物的认识，甚至还包括时间在内。它一定程度上让我们觉得，这个世界原来不堪一击！

为什么这样说呢？因为混乱还没开始前，整个村子都是安静的，整个人心都是安静的，安静得可以让一碗滚烫的水瞬间冷却下来。一切都是没有争议的，一切都可以礼让，可以谅解，一切都是亲近与和睦的，心与心之间，就像某个整体。现在可不一样了，一涉及金钱，一切都在朝着疏远的方向走——村人与村人之间疏远了，父母子女之间疏远了，兄弟与兄弟之间疏远了，兄弟姊妹之间疏远了，就像云和云之间也疏远了，树叶与树叶之间也疏远了，湖面与湖面之间也疏远了，水滴与水滴之间也疏远了，一切均已经被切割，都已经七零八落。而时间的本质似乎就突显了出来——时间总在改变一切，也摧毁一切。就像凌厉的风，风过处，万象纷纷坍塌，一切都如梦如幻，一切的假象或真相，纷纷浮出水面。

而我终于相信，只有“混乱”才具备这一“突显”功能，“混乱”仿佛一面魔镜。而我应该为之欣慰吗？毕竟，我在混乱中看到了很多原来被遮蔽的东西——或许还可以说，这便是发现，是收获。

故事

我觉得有必要补充一些故事。关于拆迁，关于那些在风中起起落落的内心秩序，我想，只有说出，它的混乱与无序，它的紧张与亢奋，它的无奈与叹息，才会显得血肉丰满。

故事都是灰色的。所有的故事，在拆迁的背景下，从一开始就是灰色的，而且也只能是灰色的——所谓灰色，它一定不是明媚的，阳光无法照耀到这里，这里最多只能有风雨，有雾霭。阳光是普照，是泽被；风雨和雾霭是光的反面，你说要有光，一定不会有光。

故事一：《赌徒甲》。甲被称为赌徒，是拆迁后的事。先前，甲只是好赌，因为没钱，只赌小钱，譬如用卖了粮食的、蔬菜瓜果的钱去赌，偶尔大一点的是用卖了牛马的钱去赌，所以不能算大钱，自然只能算个“好赌者”。“好赌者”和“赌徒”是有区别的，其区别就在于“小”和“大”之分。征地拆迁后，土地卖了，房屋卖了，钱一下子像洪水灌进来，甲心底那点爱好也就膨胀起来。先是在村里赌，赌不过瘾后，索性当起了“山寨王”——拉起一支“人马”，昼伏夜出，把赌场设置于深山密林处，放哨的、送餐的、卖饮料和烟酒的，一应俱全，应有尽有，活脱脱一个小江湖。豪赌之外，还玩女人，也总有女人自愿送上山去。一时间，倒也乐不思蜀，似乎天上人间，不知今夕何夕。不料好景不长，大约三两月后，某个月黑风高夜，警察仿佛从天而降，赌场被毁，赌资没收，人也换于铁窗之下，想要后悔，却已经无法后悔。而更让人惊奇的是，甲前脚刚迈进铁窗，其妻后脚就稳不住了，说是土地没了，房屋没了，钱也没了，人再不走，只能喝西北风了，说完脚底抹油就跟着别的男人跑了。只是至今我都不知道，她丢下的三个娃儿，最大的不过十岁，最小的三岁，他们究竟由谁收养？也或许没人收养，他们注定只能像一缕风，任意飘荡。

故事二：《吸毒者乙》。吸毒者乙，也是拆迁后才出场的。先前，无论如何去看，乙都应该列为本分人。所谓本分，就是遵纪守法、洁身自好的意思。但拆迁后，人一夜之间就变了。据说乙有一次自县城某间小屋前路过，小屋装扮得古色古香，尤其是，竟然还有三两个古色古香的女子，安静地坐在那里刺绣。乙读过几本书，知道这场景只在古书里才能见到，忍不住就停了下来，忍不住就多看了几眼，就像某个张生或是李生，在月亮下偷窥某个狐仙女。故事就此发生了，先是绣花中的某女，站起来，从那木格的雕花的窗棂里，从那挂着的一长串的吊兰里向乙抛来了如水秋波，于是乙就被那水波淹没了，脚步也收不住了……再下去，可以回到故事的标题了，总之乙就在这里开始了吸毒，先是用嘴吸，后来索性注射了，一条路，往黑越走越深。钱一旦用完，乙就跑回村子，用刀逼着年迈的父亲索要毒资，每一次都如法炮制，每一次都会卷走大把钞票。到最后，剩下的钱越来越少了，父亲终于拒绝了，乙毒瘾真正发作，一刀就捅进了父亲的肚里……故事一直拖到前些日子才结束，乙因为吸毒死亡，据说剥开他的衣服时，血管弯弯曲曲，像一些爬满的蚯蚓，最后还破裂了，液体流了一地，像猪血，黯红，凝滞……父亲一边老泪纵横，一边说："解脱了，解脱了……"只不知是他解脱了，还是乙解脱了。没有谁知道，也没谁过问，谁还会在此时去记挂一个跟自己并不相关的老人的内心呢？

故事三：《艾滋病患者丙》。丙即将咽气前，村里一大帮人到县城为他购置棺材，恰巧被我遇上。我问丙究竟患了什么病？每个人都说不知道，尤其是他弟弟，几次欲言又止，留下无限神秘。一直到他死亡的消息确凿地传来，秘密才一步步打开——丙先前有妻子，有一个女儿，后来因为贫穷，妻子改嫁外省，女儿病亡，丙从此成为光棍一根。拆迁有钱后，便进妓院，染上了艾滋病，死在了病上，死时离40岁还有几年距离。关于丙的死亡，倒也毋须多说。有一件事却不得不说——大约是去年，随着丙的土地全部被征拨，随着丙荷包里的人民币越来越鼓胀，就有一陌生妇女送来一年轻女子，说此女是她儿媳妇，只因自己儿子好赌不成器，而她深感媳妇乖巧听话，不愿让媳妇跟着儿子吃苦，一气之下想把儿媳嫁给丙做妻子。但有一个条件，为了表示慎重和庄严，必须张灯结彩、洞房花烛才过门。丙对此深信不疑，一切照办。不料此事却像极了某个古老的也是落入俗套的很蹩脚的小说情节，不用我说，大概你也猜到了——就在洞房花烛夜时，新娘却神秘失踪了，跟她一起失踪的，还有丙的银行存折……每一次说起，我都觉得疼痛，觉得时间与金钱，似乎都是制造迷乱的罪魁祸首，而我们每一个人，似乎都是身陷其间的一只可怜的虫子，由不得你去选择，更由不得你去挣扎……好在一切都随丙的死亡画上了句号。就像那缕风，终于吹过山谷，被人遗忘了。我相信，在茫茫尘世，被人遗忘有时应该是一件幸运的事。但愿如此吧。

第四辑

黎人消息

Er Ling Yi Er Nian De Cun Zhuang

2012年的村庄

2012年，当春天到来，八大山地上的樱桃花仍然像往年一样盛开，密密匝匝的花朵像旧时一样席卷山野。一只暴露的野兔半蹲着，一边啃着岩石上的月光，一边谛听来自神秘遥远之处的声音。在河流的某处，已隐约响起了几声蛙鸣。夕阳永远是血红的，像西山上悬着的一滴饱经沧桑的泪。某只照样不知来历的布谷从村头唱到村西，不舍昼夜。当最后一朵阎王刺花开后，村人们仍然像多年前一样忙着种下水稻、玉米、大豆和高粱。一切似乎都没有变化，时光似乎仍旧停在从前。

春天逐渐向深时，村里却突然涌进了许多外地人。村人都知道他们是来修建火车站的。因为此前，要在村里修建火车站的消息早已传得沸沸扬扬，如果要说有什么意外的话，就是觉得他们来得快了些。而这种感觉，也不过是内心恍惚的一种体现罢了。为什么这样说呢？实际上，自从修建火车站的消息开始传播时，村人就觉得恍惚——一方面总希望这是一个机遇，能让村庄获得新的发展；另一方面，又觉得那发展中必然带着破坏，尤其是上了年纪的，那些花草树木、虫鱼河流沟壑，一切旧物都已深嵌入时间与心灵之上，还觉得有一种惘惘的威胁萦绕于胸。这种矛盾的心理，让村人在对一个村庄的命运的猜想中，就多了几分梦幻的场景。

有很长一段时间，村人几乎全都陷在这样的耽想中，以至于完全忽略了正如火如荼的春事：樱桃花之后，油菜花很快从那层褪尽的旧年的寒意中破茧而出，仿佛一群阳光下翻飞的蝴蝶，顷刻间铺满八大的所有山地，耀眼的金黄甚至比多年前还要摄人心魂；鸭掌木、楸树、椿树、八角树、橄榄树，所有知名抑或不知名的，名贵抑或低贱的树木，都不分彼此不计前嫌地捧出一份嫩绿；沉寂一冬的河水早已阴霾散尽，一路淙淙如歌如吟了；先前种下的水稻、玉米、大豆和高粱，也按着往年的秩序在风中探出了身子……只是这一切都显得寂寞了。在一份忽略之下，再美好的事物，也不过如一个被遗弃的旧梦，只兀自绽开在那静和暗的深处，犹如迟暮的美人，入眼的，全是向晚的年华。

只是人们没有料到，当他们还准备耽想下去时，有一些山峰、河流与土地，很快就被削掉了。抬头已能看见一条道路的影子即将穿村而过——凌厉的和生硬的影像让人想起一把刀子的模样与属性。道路所经处，还有众多的祖坟、房屋都需要拆迁。这时候，村人们先前的一切渴望与猜想，一下子才变得真切起来，不论是情感上的，还是金钱上的事，竟都如真切地长在身体上的肌肉，一掐一捏中均能感到明显的疼痛。

千秋榜是第一座被削平的山头。在村里，千秋榜是个与众不同的所在。村里其他的地名都极土气，均以其实在的特征命名。譬如因为田里满是沙土，于是取名沙子田；譬如因为有成排的杨柳，所以取名杨柳田等。一切都像视线中的泥土与石头一样，看得见，也摸得着。一切都与人的肉体与气息相出入，似乎那名字、那所在，就是村人完整的某个部分。唯有千秋榜的名字，诗意之下还包含了深邃和厚重的时间感——无数岁月以来，在村里，千秋榜因此显得无比奇诡，因其区别于其他地名的称呼而被罩上了一层神秘的色彩。

没人知道这个名字的来历。在村庄的历史上，唯一有据可考的仅是我在文章中对之做过的猜测和推断——在我看来，关于千秋榜的名字，不论有意无意，一定都潜藏了村人对于时间以及在时间中所寄予的某种美好的理想。譬如希望村子千秋相传，譬如希望生命，甚至是功名富贵的代代延续，等等。一个名字总携带着生命的某种愿望乃至决然状态。

在村里，千秋榜一直是以神灵的身份端居其上的。小时候每次跟着奶奶或是母亲经过千秋榜，她们都叮嘱我一定要低着头，屏住气息，还不能有任何恶念，生怕我一不小心就得罪了神灵，或者稍不留神就被明察秋毫的神灵发现我深藏的罪愆。除了获取人们的敬畏外，千秋榜还常年享受人间的烟火——谁家有人生病了，就会有人扯上几尺红布，拿上香火前去祈祷；逢年过节，还会有人奉上猪肉、水果之类的祭品……一袭烟火之上，是千秋榜跟村人息息相关的日常，不可剥离，更不可忽略和轻视。

现在，随着修建火车站的队伍的介入，神居千年的信仰却在一夜间被击得粉碎，就像某块珍藏千年的瓷器被摔碎的刹那，一切都像梦境般的真实与虚无。事实是，当一辆辆的挖掘机扑向千秋榜，村中竟然没有人上前阻止——我先是觉得疑惑，后来也就释然并有点兴奋了——我想，实际上村人们对所谓神灵的认识，更多的也不过是随波逐流，并无那份坚定的撕心裂肺——这是否也是某种奇观呢？一辆呼啸而来的火车，竟然让我在瞬间看清了某种事物的脆弱的真相，所有曾经的看似强大，在时间的某个临界点上，其实都不堪一击。

千秋榜过来，就是一字排开的坟墓。在八大山地上，人与坟从来就是一个整体——人不离坟，坟不离人。这有点像某种信仰，也有点像某种哲学，它所反映的是某个特定的地域以及特定人群的生存观。具体到村人而言，说人不离坟，坟不离人，大致有两方面的意思：一是因为一份迷信的思想，风水学一直在村里大行其道，一个人死了，总要为其寻个风水宝地，在村人看来，一座坟墓的风水总是跟后人的富贵贫贱、平安祸福相联系的；另一个原因则就朴实和亲近多了，一座坟墓之下，埋葬的不仅是某个亲人的肉身与骨殖，更有一份永世的怀念与牵挂。在村里，就流传着很多坟墓与人一起迁徙的动人故事，其故事的内容大体一致，说的是某家从村里迁走了，除了带走所有物具外，必定还要迁走亲人的坟墓，或者是某家从某地迁入了村子，一起迁来的，必定也有其亲人的亡灵——在这里，人不离坟，坟不离人的故事，更像某种流传的美德，闻听之下，总能触摸到一个村庄的温度，以及某种精神。

不过所有这一切，到了 2012 年，就都显得不再重要了。或许是司空见惯后的一份麻木，一座坟墓在村人心中再没有任何神秘感了。按照建设需要，八大山地上的坟墓都要拆迁。最初时，村人是为之惶恐的——迷信也好，感情也好，村人并不愿意在亲人们死去多年后再一次惊动他们。但终于每一座坟墓都被打开了，在睽隔多年后再见亲人们残剩的骨殖时，除了觉得恍惚和迷茫外，再就是跪在坟前痛哭失声，一份真切的情感让人忍不住动容。但很快，事情就急转而下了——当一座接一座的坟墓被掘开，政府允许埋坟的坡地越来越少，先前想要寻风水宝地的意识已无法满足，只要还有空地，就争先恐后地埋下去。一座坟墓的隆起，就像随意种下的一株树，不分时间，不分地点，充满了随意与不在乎。还有的，因为年代实在久远了，对那些众多的死去的亲人实在没有半点切实的记忆（更谈不上情感），同时又为了节约点钱，竟然将所有坟墓的骨殖，统统放进了同一个狭小的棺木之内……一座坟墓的风水、怀念与祭奠，以及关于时间的喟叹，一切与坟墓有关的传说，一切的神秘到这里均被击得粉碎——就像某条河流拐了无数的弯后，一头扎进某个深不可测的黑洞，即使影子，也消失得无影无踪。

紧接着，村庄就开始混乱了。

原本宁静的一个村庄，就像某个突然中了邪的人，一梦醒来，时间与往事、现实与精神，都已面目全非。

于是我们就听到了在村庄里响起的混乱的声音，那昼夜不息的声音，无论如何都让人觉得恍惚而又陌生，它们甚至还让多年前的村庄每每以梦境的形式跟我们会面——在那里，太阳每天在东山露面，然后从西山跌落；人与人和睦相处，春花秋月平静得没有一丝波澜，虫鱼鸟兽各行其道；日子来了，日子又去了，一切都安宁得近乎混沌，甚至像神刚刚创下的伊甸园，在《圣经》的首页充盈着质朴和干净的光。但在2012年的纵深处，我们就像某只突然被惊扰的小兽，从那宁静中不得不抬起了惊惶的头颅，惊惶地凝视和倾听那此起彼伏的声音——家人与家人之间，邻人与邻人之间，一切都混乱了，一切都朝着某种破坏的方向，吵骂和厮打的声音充斥着整个村庄。时光像一层变色的幕布，揭开后是满目的狼藉。

事实是，在2012年，在拆迁的现实之下，关于赔偿的话题，关于利益之争的事件，从一开始就将一个村庄原有的秩序给颠覆了。先是在家庭内部，或者是兄弟之间，或者是父母与子女之间，每一方都希望能占有一份赔款。但在分配时，或者是兄弟间早年分家时某一方土地面积少了，先前倒没什么，现在赔款却是以实际面积而论，少的一方觉得不公平，于是矛盾就出来了，调解无果后，难免就发生了吵骂和厮打，有的甚至动起了刀枪，兄弟情谊到这里比一张纸还要薄上几分。有的父母希望能分到一份钱安度晚年，不曾想钱早被儿子媳妇悄悄取走，于是四处追着儿子媳妇讨说法，有的甚至就成了祥林嫂，逢人就念叨儿子媳妇的不孝以及自己的不幸。据说还有一个年迈的父亲，当众给儿子媳妇跪了下去，一个决然凄怆的影子让人忍不住叹息。还有的人家，出嫁多年的女儿也回来了，一回来就说当初分田地时有她的一份，所以必须要下这一份赔款——面对这横生出来的枝节，娘家人先是觉得不可理喻，后来就觉得了愤恨，再到后来就发展成不可开交的争执，于是彼此间从此成为陌路。再就是邻里之间，先前界限并不分明的公共之地，现在谁都说那是属于自己的，有的甚至追溯到土改前，说某块地某块屋基原本就是他祖上花了多少银子置下的产业，于是你来我往谁也无法说服谁，谁也不愿意让谁，除了吵骂厮打之外，还对簿公堂，原本和睦的村人从此撕破脸皮……于是终于就有某个稍有见解的人在某个黄昏对着永远血红的夕阳长叹了一声，并哲人般断言所有的情感均敌不过金钱，在金钱的炮轰下，所有的事物（包括时间）都将溃不成军。

每一次我都会觉得隐隐的痛，总觉得2012年的时光分明有些沉重，有时候于恍惚中，还觉得那沉重中似乎带着血色——它与生命的底色靠得最近，在那里，人性的本来面目比以往任何时候都显得要真切。就像多年前某个诗人写下的诗句：“一位天使，冒失行者/受到变态爱情诱惑/一场噩梦水深火热/好比水手挣扎失落/抗争着，心烦生暗火/扑向一个巨大漩涡/像群疯子胡乱唱歌/在黑洞里旋转陀螺……”（波德莱尔《不可救药》）总觉得在那里，一定有某种深藏的恶，还有不可言说的秘密，正向我们暗喻着什么。

每一次我都觉得恍惚迷离。因为村人留给我的，一直是朴实和厚道的印象。近些年来，我还不止一次在文章中盛赞过他们的品质。在我看来，那时候他们就像泥土一样朴实，像庄稼一样厚道，日升日落中，我一直将他们视作最能让人亲近和贴近的事物，总觉得他们代表了某种纯洁和美好。但现在，在2012年的时间刻度上，在还来不及转身的瞬间，我却发现我错了，而且错得一塌糊涂。实际上，所有的朴实和厚道于他们而言，不过是特定时间下被胁迫的某种产物，譬如现在，一旦他们有钱了，那朴实和厚道也就被他们一甩手就抛到了历史的深处。他们每一个人都在忙着跟过去的自己告别，每一个人，似乎都要在这混乱和破坏中紧紧拽住自己最真实的一面。

几乎就在赔款到位的当晚，村里很多男人就去到城里，把自己埋进了酒吧和歌厅，有的甚至还将那些年轻漂亮的小姐带出来，秘密地租房居住。尤其是某些一直邋遢不已的老光棍，竟然都约好似的收拾得一脸光鲜，还不知从何处就带来了某个女人做妻子，就像时光颠倒、季节错乱一样让人感到不适。只是事情很快就以闹剧的形式而告终了——先是有人在酒吧和歌厅当场被公安抓获，罚款的同时还被拘留；再有就是某些男人的行迹被妻子发现，于是家庭战争不断，有个别略有风韵的妻子，竟也以牙还牙地很快红杏出墙，一个原本度过了许多平静岁月的家庭很快破裂；而那些老光棍，结局竟然都如出一辙，在跟某女子生活一段时间后，女子们竟然都神秘地失踪了，有说她们原本是骗子，在骗取老光棍们的赔款后逃之夭夭了，也有个别好事者说她们中有人并不是骗子，而是因为老光棍中有人原本就患有某种隐疾，并有鼻子有眼睛地说是老光棍不愿耽误她并亲自送其离开的……至于谁说的更真实，倒没有谁去考证，也没有谁愿意为此耗费时间。人们所在意的是，一场持续不断的混乱，竟然随着几个女人的消失很快平息下来；一切躁动竟然被风吹熄被雨淋湿似的，一下子全都埋进了泥土与草木内部。

很长一段时间里，一边是挖掘机不断发出"突突突"的声音，一边是从混乱中走出来的人们，阳光落下来，也似乎不再能引起他们的注意，他们最多是偶尔抬一下头，乜着眼睛朝那声音的方向望望，然后再埋下头，该沉默还是沉默，该嗑瓜子还是嗑瓜子，似乎那挖掘机，那火车，原本就跟自己毫不相干，就连从身上溜过的风，跟自己也没有丝毫的瓜葛。

一直到灵妮子出现，2012 年的村庄才又呈现了它混乱和破坏的面目。

灵妮子是村里国东大叔的女儿，多年前就已出嫁到外省，其间也很少回来，现在却举家回到村里，一回来就风急火燎地在国东大叔的某块地上修起了房子。政府多次前来阻止，说这块地已在规划之内，如果再继续修建下去，必将作为违规建筑拆除。话说到这儿，灵妮子便免不了要让村人对她刮目相看了——一方面是政府不断劝阻，一方面是灵妮子压根不吃这一套，该砌砖还是砌砖，该盖房顶还是盖房顶。那一段时间，几乎所有村人都睁大了好奇并有几分敬佩的眼睛，那感觉就像发现了第一个敢吃螃蟹的人。

只是让灵妮子预料不到的是，楼房刚刚盖好，政府就组织相关人员以违规建筑的理由给强拆了。事情就是在强拆后一天比一天变得复杂的——灵妮子先是到县里，然后到市里，再到省里，最后竟然直接就到北京上访去了。电话从北京打回来要地方政府去接人时，村庄显然“地震”了——在这个僻远甚至近乎与世相隔的村庄，许多年来，北京是多么遥远的一个地方呵，但现在竟然有人闹到那里去了！从未有过的经历让村人们再次觉得恍惚，直至亲自听到灵妮子眉飞色舞地讲述她在北京的经历时才仿佛回到了原地。尤其是那些上了年纪并略略读了点古书的，再看灵妮子时，就难免加上了几分想象——总觉得眼前的这姑娘，怕就是某篇演义里某个大闹京城的女子了。

此后，灵妮子什么也不做，整天就想着上访的事，后来又去过好几次北京，但每一次都没有达到目的——不但被强拆的楼房未得到赔偿，反而因此花去了好几万元，再有就是去的次数多了，村人也就没有先前的新奇并似乎还有几分不解了，甚至有个别长者还心痛地劝灵妮子不要再上访了，劝说的语重心长，说拆了就拆了，咱庄户人家也不要再钻牛角尖了，就算蚀财免灾吧。到此，2012 年的时间再次发生了某种细微的嬗变，一个在混乱和破坏中的村庄，再次让我们窥见了人心在转折时期的某种方向。

一转眼就入秋了，八大山地上的樱桃花早已谢去，繁华褪尽的樱桃林越来越显得孤独，一根根光秃秃的枝丫在风中像一些残剩的影子。那只神秘的野兔，或许早已嗅到某种不祥的气息而星夜迁徙他乡。至于某只来历不明的布谷，早已坠入时间的深渊里等待下一次的轮回。唯有先前种下的水稻、玉米、大豆和高粱，仍若无其事地像多年前一样拔节灌浆，并就要抵达收获的门槛了。一些村人，还像多年前一样把镰刀磨亮了，磨刀的瞬间，脸上荡漾的，似乎也还是来自多年前的那份熟稔与亲切。

此时，政府传来消息说火车站的工期已提前，这就意味着这些即将成熟的庄稼将被拦腰折断——我原想这次也一定不会掀起什么波澜。随着拆迁的进一步深入，随着众多的山峰、河流、房屋、坟墓的消失，我猜想一切的信仰与情感早已随风而逝，时间早已让一个村庄冰冷如一块没有体温的石头。但这次我分明又错了。事实是，当政府通知将庄稼全部拔出时，村人竟然联名递交了申请，希望能在秋收后再动工。我也曾看到那份申请，大意是一方面庄稼很快就可以收割了，没必要造成新的损失；另一方面则说村人祖祖辈辈靠庄稼过活，实不忍心看到即将成熟的庄稼被挖掘机糟蹋……说得其言铮铮，其情殷殷，初读之下，忍不住为之动容。尤其是，当挖掘机开进稻田时，村里已活80多岁的铁匠老汉竟然向着倒下的庄稼跪下了。秋风拂起他苍白的胡须，古铜色的脸上老泪纵横，仿佛时间在岁月深处设下的一场庄严的祭悼，以至于当天所有的挖掘机都停止了挖掘，戏剧性的场面让在场的人嘘唏不已。而我总是想，相对千秋榜，还有坟墓以及其他物事，一粒粮食的重量竟然高过神灵，这是否也是村人内心的又一奇观呢？在村人心中，究竟还隐藏着多少我所不知晓的秘密？

好在这些都没了实际的意义。真正能进入视线的是：很快，该征拨的，都征拨了；该拆迁的，也都拆迁了；该覆盖的，也都覆盖了。山峰、河流、土地、房屋、坟墓已被新起的事物替换，一条笔直的铁路清晰地映现出来，一个规模浩大的火车站的雏形也轮廓清晰起来。火车站四周贴满了宣传工程获得重大进展的各种报道，2012年显然成为某支队伍的重大荣耀年。只是他们完全忽略了在自己的身后，这一年份已成为一个村庄贯穿前世与今生的疼痛。就像某句谶语，它必将让我在多年后想起一个消失的村庄和某个接近荒凉的时间刻度，连同那些混乱的和破坏的场景，以及一切的是是非非。

Xiang Cun Nü Ren De Ai Qing

乡村女人的爱情

我总会想起她们，以及她们的爱情。

她们一脸憔悴，却收拾得干净整齐。她们没出过远门，一生就来回在厨房和地里。她们没太多的愿望，只要日子过得下去就行。

我说的是乡村女人。

她们活得很简单。在乡村，她们每天看着太阳升起，又落下。一升一落，就是一天。她们不知道时间的确切概念，只知道一天天过去，就是春夏秋冬，一天天过去，人就会变老。

她们其实也曾有梦。当初潮来临，点点血污就让她们隐约地窥到人世美丽的花朵。只可惜梦总是短暂的——在乡村，一个姑娘的青春往往昙花一现，青春抵达不久，一顶迫不及待的花轿就让她们成了女人。一个梦，还没有逐渐明晰，就被彻底打碎。

乡村女人大多没有爱情。她们的婚姻，更多的只涉及日子。

记得村里有个哑巴叔，为了娶上媳妇，说亲的过程中，一直让他哥哥出面，把姑娘抬回家后，硬把哑巴叔推进洞房了事。姑娘先是大吵大闹，接着就偃旗息鼓了——在成为女人的瞬间，她很快选择了屈从。这又有什么呢？她懂得，生为女人，在乡村，跟谁都是过日子。

类似的例子，在乡村比比皆是。

比如我的外婆。婚后不久，外祖父就离开村子去了县城工作，之后再没回村过。外婆则一直居住在村里，活了八十多岁。外婆的一生，除了新婚的短暂时光外，用母亲的话说，整整守了五十多年的活寡。奇怪的是，外婆竟没有一句怨言，即使知道外祖父在外面有别的女人，也没明确说出她的怨恨，更没去找外祖父吵闹。最恨的时候，就只骂上一句“这个没良心挨千刀砍脑壳的——”。在外婆这里，她的屈从，甚至麻木，让一个乡村女人的命运，近乎悲剧。只是她浑然不觉，依旧活在自己的日子里，保持一份淡定，甚至从容。

而我的母亲——我不得不也要提起她——如今跟父亲都已六十多岁，但相互间始终有过不去的坎。在村里，他们几乎一直是吵闹着走过的。人们都以为他们是因为鸡毛蒜皮的事闹不愉快，但我知道，他们吵闹的真正原因是彼此间从未有过爱情。我父亲年轻时在一家煤矿当干部，因为有点文化，在他那个时代，他几乎是单位的佼佼者，后来还到北京开过会，见过世面。我母亲则是目不识丁的乡村女人。我一直因此猜想，他们之间的结合，一定还隐藏着另外我所不知的故事。这一猜测到我十二三岁时得到证实。那时候，我无意中从父亲的抽屉深处翻出一本笔记本，在上面，我读到了父亲多年前写给另一个女人的多篇情书。当我怀着好奇对母亲说出那个女人的名字时，母亲先是惊愕，脸上迅速浮过一丝不快，只说了一句：“小娃娃不要问大人的事。”从母亲的神秘里，我相信在父亲的生命中，一定曾经跟另一个女人有着故事，而且那一定是父亲的一段幸福时光。这是父亲的秘密，也是我自己的秘密，我从没跟我的兄弟姐妹们说过。多年来，这个秘密让我一定程度理解了父母之间的吵闹——父亲从没爱过母亲，他们的婚姻，跟村里许多凑合的婚姻一样，如出一辙。

当然，也有的乡村女人，是有爱情的。在村里，我就遇到很多对相濡以沫的老人，他们相携着从村里的风雨中走过，从不闹别扭，就那么互相惦记着，你给我一句问候，我给你端上一盆泡脚的热水，一生的时光就在这样的细节里走过。还有一些至死都不相忘的，到了某天，其中一个离世而去，后一个就郑重地告诫子女，等自己死后，一定将其跟先去的老伴合葬……一份世俗的爱情，让乡村女人的一生，有了亮色，也有了遐想。

比如我的奶奶。她跟爷爷的爱情，就在村里传为佳话。他们不识文化，为人厚道，却懂得爱的真味。记得爷爷常年挑着一担旱烟，奔走在各个乡场上做点小生意。那时没有公路，靠的是步行。有时遇着风雨，山路湿滑多阻，爷爷迟迟不归，奶奶就一个人站在村头，在浓浓暮色中向着山路的方向眺望。直到看见爷爷走来，焦急的脸庞才泛起暖暖的笑，一句“你这死鬼，咋不来黑点，现在早得很嘞……”的责怪，让爷爷觉得自己犯了错，急急地给奶奶解释晚点的原因。很多年来，我一直固执地认为，一个乡村女人的爱情，就藏在奶奶眺望的背影及那声亲切的责怪里。

像奶奶一样的乡村女人，她不会浪漫。她仅是知道，日子深处，必要有一份贴着地面的温暖。至于这温暖是不是爱情，她从没想过，也从没深究过。她只是知道，这一份温暖，是日子不可缺少的，就像阳光之于庄稼，水和空气之于生命。这样的乡村女人，她必定是幸福的，在一份质朴的温暖里，日子更像日子，生活更像生活。

偶尔的时候，乡村女人们的爱情，也会兴起一些波澜。

我的一个婶娘为情所困，并以自杀的方式，让乡村女人的爱情显出脆弱的一面。

十多年前，我说的这位婶娘，当丈夫跟村里一个寡妇有染后，她一下子就崩溃了。她无法接受这种背叛。在跟踪丈夫，继而跟那个寡妇大打出手，请村干部出面调解无果后，一个暮秋的早晨，婶娘喝下了一瓶农药。我是送葬队伍中的一个。一路上，一层好看的霜均匀地铺在枯去的草木上，时令已悄然指向另一个季节。婶娘未成年的儿子，一直在哭。其余的人，却一直在说笑，他们显然都置身这场悲剧的局外。当踩过最后一朵霜花，把婶娘的棺材放进墓穴，我蓦然心生悲凉——一个乡村女人的死亡，一段出轨的乡村爱情，并没引起哪怕一声轻微的叹息，总让人有些怅然。

在乡村，也还有这样的女人，尽管丈夫不会生育，却也不心生嫌弃。只是想要孩子时，就大着胆跟丈夫商量，想让别的男人替生孩子。丈夫虽不说话，却默默点头。孩子生下后，一切秩序照旧。三者往往互定盟约，誓守秘密。只是纸总包不住火。时间之中，悄悄地就有了风言风语。丈夫倒是沉默着（或许源于自卑，或许源于羞辱），女人却满村乱骂，骂那些长舌男女，企图证明这仅是一个谣言，企图让丈夫保全脸面。结果事与愿违，原本一摊浑水，也就越搅越浑。好在时间长了，那男的女的都老了，有的甚至死了，曾经的故事，也就如烟如尘，不再被人提及。

也还有一些乡村女人，年纪轻轻就守了寡。丈夫一死，往往就有人迫不及待登门说媒。有耐不住寂寞的，带上孩子匆匆就嫁了出去。一旦嫁过去，那男人往往容不下前夫遗下的孩子，轻者辱骂，重者拳脚相加，让女人心生悔意，却已无回头之路。村里一个我喊嫂子的，二十几岁时丈夫患病死后，带着儿子另嫁。听说这儿子就被后父打成了驼背，如今长到结婚年龄，身子还是矮矮的，连媳妇也没娶到。活生生的事例多了，丧夫的年轻妇女就多了份警惕，也多了份执着，宁愿独守空房，也不愿孩子去别姓人家受苦。我有两个堂婶娘就是这样的，三十岁上下就死了丈夫，因为生怕孩子受屈，心一横，死活再也不嫁。一生虽然寂寞，却因为对一份爱的守护，赢得了村人的尊敬。

再后来，乡村女人的爱情，就有了变化。至于如何变化，已是近几年的事，暂且不说了。真正让我挂怀的，还是先前乡村女人的爱情，现在的乡村爱情，恐怕已非我心中所想。我所想的，还是她们——那些活在旧时光中的，质朴得让你想要轻轻责怪一声的乡村女人……

百年

Yue Guang Yi

月光忆

一切都归于静寂。月亮慢慢往上挪着，步态优雅，静如远离风尘的女子。想那女子，该是活在前朝，或者一首诗里，古典的，幽怨的，顾盼生风，宛若花容。月光则如花屑，落英缤纷，落在我家院子里。院子很小，也很旧，若即若离的青石板一脸斑驳。月光落在上面，恍若陈年的双目，更像逝去的时光与心事。这一直让我怀疑，月光似乎是赶从前过来的；在从前，月光早就苍老不堪了。

月光还有一个特点：冷而艳。即使夏天，月光落下来，院子里也仿佛堆满霜色，心亦是清凉的，亦如秋色，繁华褪尽，却深沉炫目。院子旁有一老墙，墙边有几棵椿树，椿树已经很老，没有谁愿意去惊扰它们，它们留在月光里的梦，像久远的歌，渺然无痕。树上一直是鸟雀的乐园，只不知鸟们是否也有梦。梦与生活，从未相离相弃。鸟跟人比邻而居，就像相安无事的两家人。一院子的岁月，因此宁静生香。

老墙根下，还栽着七八种花草。大约是水竹、牡丹、月季、仙人掌、红玫瑰、夜来香之类，都是些俗烂的事物。只是月光落下来，却也疏影横斜，暗香浮动。时能过，境能迁，紧贴心灵的那份诗意却不会变。再加上后来读了点书，就觉得在这样的夜里，院子里也该有一把前朝的藤椅，藤椅上坐着一个长须飘飘的老祖父，他一手抚弄长须，一手展开线装的书页，一边慢腾腾地教孙子背诵一首诗。诗也必定是古人描写月光的句子，这样的匹配，温润如玉，紧贴心灵。但我家的院子没有这样的藤椅，也没这样的老祖父。我的祖父虽然进过私塾，也能熟背《三字经》《百家姓》，但就是一字不识。月光落下来，他只是抡起一杆长长的烟斗，在院子里留下一袭长影，然后要不要说上几句无关紧要的话，一晃后就消失了。

从这个院子里消失的，还有我的奶奶。奶奶不到60岁，头发就已一片银白。那时候，我常会看见奶奶从月光下走过，她银白的头发，在月光下长乱不堪，就像暗地生出的一片枯草。印象中，她跟爷爷一样，当她从院子里走出去，又走回来，就不在了。月光洒落的路上，在竹林那边，一闪身，她就被月色吞没了，仿佛狐仙与聊斋的画境，目乱心悸。月色或许还是魔术师手中的幕布，展开的瞬间，院子里的风景，早已物是人非。

月亮升起来，整个村子就入梦了。我想月亮一定是梦的使者，从开始到最后，月亮都长着梦的翅膀。此时，炊烟早已歇下；鸟发出最后一声啼鸣，悄无声息地躲进了巢穴；山们褪去白日里的沸腾，冷峻无比；泥土和石头，表情松弛下来；远处的树林，幽森如城堡，城堡静谧得比梦还要深远；倒是纺织娘和蟋蟀这班虫子，粉墨登场，一声复一声，高低起伏，为月起舞。一颗心的世界，突然迷离起来。

这样的夜，一颗心与一轮月亮，是贴得最近的事物。

你站在月色里，静静地看着远方。远方有什么东西呢？你不知道，但你还是要看，有几分固执，甚至有点义无反顾。月光就像某根莫名的琴弦，不经意地拨动你的情思。据说在月圆之夜，每一只青蛙都会立起身子，面月而立，双目噙泪……而你是否就是这样的一只青蛙呢？你分明知道，一轮圆月，就是一只青蛙的诗歌与宗教。

山野无遮无拦，月光一泻千里。

一切都在隐退。山峰、河流、沟壑、树木、庄稼，甚至是匍匐在地的泥土，都隐去了自己的轮廓。月光就像若干年后发明的一滴涂改液，把一切粗糙的、突显的都消除，只剩一地美好，供你想象。想象是一种诗意——呈现和消弭的过程，一颗心，必将充盈一个夜晚，甚至一生的季节。

这样的月夜，我是否也曾心潮起伏呢？不记得了。只记得有一条河流，的确到我的梦里来过，那个梦，早已随一抹月色潜入我的心魂，趁我不设防时，往往就向我举起回忆之剑。

那个夜晚，月光皎洁，一片岑寂，白天飞过的蝴蝶与蜻蜓，早已躲进了花朵和草根下。点水雀仅留下一个幻影，在水波上飞翔。一河清清亮亮的水，在月光下微微起伏，像一个女子轻微的喘息；两岸的艾蒿、狗尾草和蒲公英，一片朦胧，深情摇曳。我一边想着，一边走着，突然就看见了河岸上坐着一个背影。背影模糊、苍老，像贴在月光上的一张旧纸。还没回过神，他就面对着我站立起来了。

我很快认出了他是村里的幺公。先前，幺公并非村里人，无妻、无儿、无女，孤身一人，靠赶鸭为生。有一年，他赶着鸭群来到河流上，就看上了这里，从此就停了下来。对河流的了解，再没谁比得过他。哪里的水深些，哪里的水浅些，哪里的鱼儿多些，哪里的螃蟹多些，甚至哪里有那么一块或滚圆或尖削的石头，他都一清二楚。终年在河流里来来去去，河水因季节的变化而变化，比如或凉了，或暖了，或深秋了，或开春了，往往是他首先知道。他甚至成了村子感知二十四节气的“天气预报”。

我有点不知所措。因为村里已疯传他就要离开村子，被他侄儿接走养老了。我觉得该跟他说点什么，但什么也没说；他分明也想跟我说点什么，但什么也没说……只可惜，一直若干年后，我才读懂了这是一个老人与一条河流的告别。而那场景，从此就像一个无法安静的梦，让我回想一个月夜埋藏的真相。

入秋了，月亮一夜比一夜圆。从春到夏，再到秋，月亮一直追赶着季节的脚步。只是月亮并不动声色，花开花落，去留之间，面无表情。只有到了秋天，你才会惊觉一轮月亮的变化。这时候，云是淡的，天是高的，大地与河流是低的，一切事物都为月亮腾出了位置，将它推上主角，而它就像春花一样，在季节深处粲然开放。

入秋的月亮，最圆，也最干净，就像一个饱满的女子，深情凝眸。如果说春夏的月亮是个清纯少女，那么一轮秋月，则像做了母亲的少妇，更加绰约诱人。这时候，庄稼渐趋饱满，玉米、稻子、大豆、高粱、南瓜……一切植物都充盈起来，月光照着它们，一层晶莹祥和的光无边无际。植物们则表情丰富，面目生动。这时候，清凉的月色底下，却一下子热闹起来——纺织娘和蟋蟀它们，已不是先前的浅吟低唱，而是一声高过一声，摇滚而过，多了几分酣畅；蛙声抓紧最后的机会，凭空热烈了许多，像一席夜宴的高潮；更关键的是，人们也纷纷赶到月光下。据说在秋月之夜，庇护庄稼的神灵会四处走动，只要你撞上，就会有好运气，秋后必定五谷丰登。远远看去，人影晃动、喊叫声、呼哨声、欢笑声遍布山野。一轮秋月，也因此沾染上人世的气息，从此不再是一个人的清幽与寂寞。

从村子往北，约五里路，有座月亮山。山长相普通，并没特别处。从肉眼判断，它与诗意毫不沾边——它为什么会拥有这个名字呢?我曾经很想知道答案，但每一次都不了了之。不过，月亮山在我心中，却是神秘的。

月亮山的半腰上，有一间石头垒起的小屋，屋里住着一个老人。老人亦是孤独之身，据说没结过婚，为啥不结婚，却是个谜。老人从来不进村，即使哪家有红白喜事，也请不动他。老人常年住在月亮山，喂有几十只羊，羊们清一色的白，白得像一地月光。记得某个秋夜，怀着好奇，我们几个趁着秋夜撞神的机会悄悄爬近了老人的小屋。在那里，明月高悬，秋风劲吹，羊群席地而卧，众声消隐，一双双幽蓝的眼睛鬼魅般忽闪，仿佛尘世遗落的精灵，更像一群神祇，遥向天堂。屋里没燃灯，不见老人。就在我们四处搜寻时，一串声音银瓶般破裂——是箫音，有点幽怨，却清澈如水，一尘不染……那个秋夜，老人始终没有出现，但我想，他一定发现了我们，他不偏不倚准时响起的箫声，一定是有意而为。但他究竟是何用意呢?一管长箫，对几个仓皇冒失的孩子而言，毕竟难解如谜。

很多年没到月亮山了，住在那里的老人，肯定已随他的羊群走远。远走的背后，一定有忧伤如月光生生不息。但回想时，竟发现自己没有一丝的疼痛，只觉得在一轮秋月的照耀下，那个人更像一个遥远冷血的传说——鼓捣思念，却又毫不动情……以至于我总疑心自己刚做了个梦，总疑心那个人是否存在过。

记忆中，还有一轮明月，一直落在我家西窗上。

西窗开在灶房上，没有玻璃，只有几根钢条。月光通过窗子，没有阻拦，率意而为。月光落在上面，一般是凌晨四点左右。这时候，月亮已快走完它一夜的行程，随时都会跌入山谷。也或许是临要别离的缘故，此时的月光特别清凉，落下来，就像酝酿经年的泪，点点滴滴，都能让你怦然心动。尤其是，从西窗抬头上去，恰好就看见博多岭上那片坟茔，幽森如注，使月光多了几许凄迷，让人怯怯的，也惘惘的。

每天此时，我都要准时起床。而母亲早已在西窗下为我做好了早餐，吃过后我要到六里外的镇上读书。此时的村子，没一点声息，寂静如墓冢，除了母亲与我，一切都还在梦乡。一直好几年，母亲始终陪着我，直到我学会做早餐了，母亲仍然陪着我。母亲的影子，就这样留在了西窗的月光下。

从我家过去两里路的尾纳冲，我有一个同学，已忘了名字，只记得姓吴。因为要多走路，他比我起得更早。往往是，我还没吃完早餐，他就摸到我家院子了。那几年，能把孩子送进学校的，上邻下寨没几家；能到镇上读中学的，更是少之又少。因此，我跟吴同学一度感到了幸运，并多次在月光下谈及此事，还谈起我们的梦和理想——考取中专或师范，端上铁饭碗，离农门而去……至今想来，那样的场景，美好而凄凉。我们学习都很用功，只是很遗憾，未及初中毕业，吴同学就因病死去。他的死，是我平生少数几次近距离所感知的死亡事件——突然、悄然，让人猝不及防，却又不可更改，就像从黑暗中蓦地伸出一只手，把你拽着，还往黑暗中坠落……吴同学死后，我惊恐到了极点，一个人在月光下行走时，总觉得有一只黑手，随时都会朝我伸来。有时惊然回头，惨白的月光地上，一片岑寂，宛若空谷，忍不住就毛发竖立，一身冷汗……顿觉人生的脆弱和不确定，惶惑不已。

好在我终于走通了月光下的那条路。15岁那年的秋天，我考取了师范。为了搭早班车去学校报到，母亲最后一次在月落西窗时为我做早餐（只不知，此后母亲是否真睡上了安稳觉）。这一次，母亲还把我送到村口两里外的山垭上。当我走出老远，回过头，早起的风中，月光朦胧，树影婆娑，母亲的身影，如千年的一孑石头，一动不动，深情遥望。瞬间的错觉，唤起了我的第一次热泪。

后来时光荏苒，母亲在月光中一年年老去，我也在一年年的月光中不断靠近母亲，总想陪她多说些话或多待些时间。近40岁时，一个月圆之夜，在城里的某个阳台上，我突然就想起了月光下跟我一起上学的吴同学，怅然若失之际，突然就很想去看看他的母亲。我想，作为一个母亲，她不单希望看到孩子从月光中走出去，她更希望看到的，是一个从月光中走回来的孩子……

Ping Min De Yi Sheng

平民的一生

有些时候我会想，在乡村，一个人来到世上，活了几十年，最后死去。活着没有留下什么，死去更没有留下什么。即使墓碑上的名字，也很快被风吹掉被水洗掉。时间埋葬肉身的同时，也就埋葬了一生。一生就这样过去了——这样的形式，已经组成一支生命长流，前赴后继，生生不息。

我总是有几分忧郁。生命的价值和意义曾让我置疑。尘世之上，生命可以有多种形式——泥土外的生命，可以用精神来铭记和延续，一个人可以活成超越肉体意义上的生命。在我的乡村，生命却是如此千篇一律——活过了，死了，埋葬在走过的土地上，一堆没有标签的泥土，至多作为提醒血脉传递的一种存在。然后一晃就是若干年，一晃就没有谁记住了。

比如我爷爷的曾祖母。我至今不知道她的坟墓立于何处，这从爷爷那里就已经成了秘密。爷爷总是说："时间太长了，谁还会记得呢？"一座坟墓的被遗忘，似乎很是顺理成章。还有后来村里的许多人，比我大的，比我小的，他们活过了，死了，埋葬在村野的某一隅，然后被人们忘记，被时间忘记。时间不断地制造秘密——在时间之上，他们的一生，就这样终结，成为后世的忧伤。

而我总会想起他们。他们在泥土上生，在泥土上息，悄无声息地来，悄无声息地去，他们一生的行程，究竟有着怎样的苦乐悲欢？曾经很多年，这样的心结一直成为我无比怀念他们的缘由。而我，也企图从那怀念中找寻出乡村生命的质地。

在我的乡村，我亲眼目送肉身告别尘世的第一个亲人是我的奶奶。奶奶仅活了 64 岁。但用奶奶的话说，她已经感到满足。奶奶一生多病，在四十几岁时就有好几次差点死去，只是每次都奇迹般活了过来。也正因如此，对于死，奶奶总是很平静。记得奶奶很早就为自己准备了寿衣。每年的六月，奶奶总要把寿衣拿到太阳底下晒。那时我还小，每看到寿衣，就会涌起对于死亡的恐惧。奶奶却不是这样的。记得奶奶总小心地把寿衣上的每一处皱褶抚平，小心地拍打每一缕尘灰——近乎某种仪式，神圣且肃穆。再后来，奶奶还为自己准备好了棺材。在她没离世的那些年，那口棺材就一直放在她的床头。她的房间光线幽暗，黑色的棺材泛着死寂的气息，使得我一直不敢走进去。那时候，对我而言，奶奶就像一个谜——我想奶奶为何就不惧怕死亡呢？及至后来奶奶去世，及至后来我可以静心地看着她的遗容并最后抚摸她的脸庞，及至后来——很多年后，当我也平静地考虑起死亡的话题时，才觉出了自己曾经的幼稚。而我也就明白，能平静地对待死亡，那是一种境界，更是一种生命的哲学。

在乡村，像奶奶这样走过一生的比比皆是。他们活过了，逐渐老了，就开始平静地为自己准备后事。他们把这当作一生最后的圆满，总用这样的方式迎接自己的死亡。他们内心静如止水。还有的老了，觉得活够了，谁也不告知，就悄悄作别了尘世，作别了自己。吴大爷爷就是这样的。在村里，吴大爷爷活了整整 80 岁。80 岁的他依然还可以用火药枪打猎，还可以打猎的他在那个秋风来临的深夜，突然就不想活了，突然就自己把寿衣穿上，睡进棺材，并使劲盖上了棺盖。子女们发现他时，他早已安静地死去，只剩一支用红布包裹的猎枪，孤独地挂在篱笆上。没有谁知道他为何要选择这样的方式。不过死了就死了。当几炷香和几张黄纸燃过，当泥土最后把棺材覆盖，他留下的秘密，一个平民的离世，很快就被日常所淹没。

也还有这样的人，他们生于泥土，却不满于泥土的生活。他们拼了命离开泥土，企图找寻另外的路途。他们走出村子，一去多年。他们也活过了，也死了，死在异乡。家里有点钱也有点能力的，就想些办法去寻了尸体，化成一捧骨灰，最后葬进被死者遗弃的土地上。土地用它的仁慈，最终宽容了这些魂灵。更多的人家，则当没发生任何事，一任死者的尸骨在遥远的异乡长眠——至多是在年节或清明之类的节日，往空摆上一碗饭菜和烧上几炷香和几张黄纸，远远地喊上几声死者生前的名字，就算对异乡亡魂的祭奠了。我幼年的某个伙伴就是这亡魂中的一员。他跟我同岁。我还在读初中时，他就不顾一切离开了村子，最后在云南某县因抢劫被判劳教 3 年。劳教归来后，很快又离开村子，最后在北方某城市因抢劫杀人被判死刑。直到现在，他的家人始终没去寻他的骨殖——他的埋骨之地成了秘密。还有某位奶奶辈的妇女，在村里活了 60 多岁，儿孙满堂，后来却执意要外出行医卖药，也死在了异乡。她的死讯传到村里，已是半年之后。多年来，她的孙子们总计划着要去寻她的坟墓，但终于没有成行。好在死了也就死了，在日常的时光下，似乎已经没有谁再记起这事。一个平民的消失，一个平民的一生，一生的荣辱得失，终于被时间之尘覆盖。

我的岳叔父是今年五月死的。岳叔父死于自杀。在乡村，这样的死亡方式无处不在，此起彼伏。这样的方式很简单，简单得就像身后的一个句号。有的人活过了，老了，觉得儿子媳妇不孝顺，一气之下就用一根绳子或是一瓶农药结束了自己的生命。用生命的代价换回村人对儿子媳妇的几声咒骂。有的年轻女人，因为丈夫花心（色欲实在是恶之花朵，它无处不在，不分乡村城市、平民贵族），在努力挽回丈夫爱心无果后，往往也走上了这条路。我的岳叔父却不是这样。岳叔父的自杀，是因为与岳叔母吵架。在村里，两位老人已携手走过了几十年的风雨，彼此也都是六十多岁的老人。但他们一直有绕不过去的心结，他们一生都在打骂。用他儿子的话说，架打得狠，话骂得“花哨”。打骂构成了他们的一生。每一次打骂，都被岳叔父忍了下来。偏偏这次，岳叔父一下子忍受不住，就喝了一瓶钾氨磷。在医院抢救醒来的间隙，他仍然高喊着让他死去——我想他真是想死了。他活过了，不想活了，就让生命终止于一瓶钾氨磷了。生命的过程就这样简单。一个平民的一生，爱或者恨，最后交给一瓶钾氨磷去发言。

还有的孩子（是的，他们仅是孩子，愿他们的灵魂得到地母仁慈的安慰），原本没有活够。他们来到尘世之上，很多事物，他们还没有亲历，比如婚姻，比如性。他们还没有完全成为一个生物学意义上的人，他们还想再走一走。只是疾病很快就选择了他们。只是我没有想到，当死亡来临时（也许他们幼小的心也知这一宿命的不可更改），他们竟然也如成人般平静。那个叫作美的小女孩，小学四年级的学生，不幸患了重病，双眼严重凸出，最后死在某个夏天的早晨。她死时，村子四周的映山红开满了山野，耀眼的红在层层绿树中迎风怒放。那天我刚好回村，他父亲把她的尸体放在堂屋的一角。她母亲一直在哭，她母亲告诉我，说美临死时，紧紧拽住母亲的手，说她并不怕死，只是叫母亲一定不要悲伤，“她是多么的懂事呵。”她母亲一直无法释怀。一个幼小的生命，就这样潦草地走过了一生。走过就走过了，就像季节，就像落花，并不因为美丽而停留。而那个叫作鹏的孩子，一个正读高中的男孩，原本患的是脑膜炎，却被医生误诊为感冒。我去看他时，他已被高烧烧得迷糊。当他父亲对他说出我的名字，他竟然跟我打了声招呼。那一声招呼里满含平静，以至于我相信他很快会好起来。但他第二天就死了。一个孩子的一生，就此匆匆画上句号，并很快被风雨吞没。

我曾仔细地计算过一个平民生命的时限（当然贵族的生命也是有时限的，我们要感谢这一点上的众生平等）。一个人大抵能亲历并记住的最多是五代人。爷爷辈、父辈、同辈、子女辈、孙子辈——这已是最大限度的福祉。生命的局限，是与更多的遗憾紧紧相连的。我们每个人，或许都不同程度地希望自己能活得长久些，这是肉体在世俗意义上的本能。但这又有什么意义呢？在我的乡村，像这样如己所愿活到近百岁的老人为数也不少。活到这样的年纪，他们依然可以上山割草、放牛，依然像年轻时一样干活、吃饭。时间在他们的肉身上，仿佛是凝固和定格的。时间流动的气息，只有通过过早死去的儿孙辈，才会传递到他们内心。村里的一个老奶奶就是这样的，活了将近百岁，儿子死了，孙子也死了，她亲手埋葬了他们。时间在她这里成了生活的利器——她一生的疼痛和忧伤，在时间的刀锋之下，一次次被切割得支离破碎。我想，她大约一定想过死。死亡又有什么大不了呢？死亡至少可以抚平和消解她的时间之痛。

这大抵就是平民的一生了。活了，老了，走过了，最后死了。

活得长的，活得短的，最后都在泥土中安息。身前身后的一切都已经水流云散，就像花开了，花又落了，最后成为尘土，没有谁记住他们的名字。至多在若干年后的某个时刻，有一个人，偶尔路过他们坟前，面对坟上年年荣枯的荒草，然后轻轻地叹一声：“咦，这是谁呢？这是哪一朝哪一代的坟墓呵——”

Gu Du De Xiang Cun Lao Ren

孤独的乡村老人

在我的村里，对一个老人的界定，并不单纯以年龄为标志，只要子女结了婚，有了孙子，你就成了老人。从村里走过，一个悄然的变化是，人们不再直呼你的名字，而是“某某他爷，你到哪去……”，而你也乐于享受这份称谓。一应一答，一份流年，就风吹水动了，一份隐约的怅惘，也涟漪般浮上来。

紧接着，你还发现，孙子们就像出林的笋子，见风长一般，用不了多时，就高高耸立起来。不知不觉中，你的腰身也着魔似的迅速弯了下去，头发与胡子，一夜间染上霜色，于是你终于成了名副其实的老人。再从村里走过，你突然就觉得，时间是真的快了些，就像孙子们翻跟斗的瞬间，稍不留神就把你甩在了身后。

一旦成了老人，你的另一扇生活之门就静静开启了。家里的一切大小事不再由你做主，你不再为柴米油盐操心，也不用下地干活。唯一可做的，就是待在家里，子女们都说你是一把锁，替他们守住家门。你一个人坐在那里，有时候，你甚至觉得，你其实更像门口安睡的大黄狗，一个乡村老人与一条看家狗，或许有点殊途同归。太阳一截截爬上来，又一截截落下去的过程，你总觉得有一些虫子，不断吞噬自己的内心——有点缓慢，也有点迅疾。时间制造的景象，像一潭浑水，早没了明暗的界限。

而你，也就像一堵黑白消失的墙，或者一张失掉颜色的纸。

往往是，在某个屋檐下，你一个人蹲在那里，夏日的阳光像一幅层次纵深的留白，知了的声音被风拉长，又缩短，最后无声无息，仿佛失踪的音符。你的目光停在远方呆滞无比，往事在阳光下一点点泛滥，一杆烟斗或一根拐杖，像盛放岁月的容器，但没有谁看得见、摸得着——时间有点不着边际，没人从此经过，子女和孙子们都很忙，无暇顾及你的内心；没有谁，会在意那心上，只留下了一个人的残席和剩宴。

村里的老人大多是孤独的。一般情况下，当子女们结婚后，老人们就要搬离老屋，临时搭起一间小屋，独自生活，直至死亡。这几乎成了一种风俗，标志着老人在时间中的“让位”。不用任何仪式，也无须任何仪式，从此屋到彼屋，一份更替，就已悄然完成。此后，老人们的生命，也就多了一份忽略与遗忘。

在这样的小屋，儿子是很少来的，媳妇是很少来的，女儿女婿也是很少来的。最多是，爷爷奶奶的一帮孙子，为着一碗油炒饭与一颗糖果的诱惑，到这里来，愿望得到满足后，又像鸟儿一样飞走了。再后来，要不了几年，孙子们真的就像鸟儿飞走了，飞到了各自的枝头，有的甚至飞到了远方，远得只能遥望和猜想。孙子们飞离的过程中，苍老很快爬满小屋，孤独迅速聚集。直到有一天，爷爷奶奶死了，小屋也拆掉了，一个老人的一生，最终以一片废墟的形式，零落在记忆之外。

不过，在我的乡村，每一个老人的孤独，却是各自不同的。他们各自的孤独，就像一幅乡村生命的百态图，引人沉思和叹息，一直到多年后，你仍然走不出那份伫立内心的忧郁。

记得有一个陈姓老人，老伴早逝，儿子夭亡，一个人守着一间木棚过活。他会说点古书，但经常张冠李戴，总是把张飞跟岳飞混在一起。说书时，表情生动，眉目飞扬；但一说完，马上就像一个霜打的茄子，神情委顿。更奇怪的是，有一次，他甚至摸着我的头说："要是我儿子不死，我孙子也该这样大了……"我甚至还记得他挂在睫毛上的两滴泪。我当时倒不以为然，多年后回想，却似乎有所悟，如铅般的孤独也尾随而至，就像一颗心面对沉沉黑夜，漫无边际……

像这样孤独的乡村老人，每一代人中，都会有那么几个。他们中，有的因为没有生育；有的则是没有儿子，又不愿跟出嫁的女儿一起过活；有的则是儿女早夭……只剩下一个人或是老夫妇俩，表面上看去，他们的生活跟一般家庭无异，但在内心，只要你稍稍留意，就会发现深藏其中的孤独，风雨般肆虐，一直到多年后，仍注满你的身体与心魂。

我就记得有一对姓郑的老夫妇，他们不是村里的原住民，新中国成立后搬过来的，至于从哪里来，一直是个谜，也没谁去追究。他们来时还很年轻，到我有了记忆时，却很老了。据说他们有个女儿，住在上海。上海是什么地方呢？他们说上海是很大很远的城市，在那里能吃上香喷喷的肉食和糖果。这个说法一直让村人羡慕不已。我们一帮小孩，则年年月月盼望他们女儿的到来——那时我们每天都想看看城里人的样子，在我们想来，城里人跟农村人应是不同的，从衣服到眼睛到鼻子，城里人肯定都是新奇和异样的。只是我们终于失望了，一直到老夫妇死去，那个女孩都没来过。

关于老夫妇以及他们的女儿，一直像个梦，被时间安放在我的身体里。记得到了某年冬天，夫妇中女的先死了，村人问男的："你女儿该来了吧？"男的说："已打电报过去，过几天就来了。"男的似乎还到村口眺望过，人们也相信一定能看到他女儿了，只是一直到出殡，到最后，愿望终没达成。再后来，有好几次，都说他女儿就要回村把他接走了，人们也看到了他为离开所做的准备，但结果照旧……到最后，男的也死了，村人将其埋葬，关于老夫妇以及那个女儿的传说，就成了永远的秘密。关于他们，若干年后，我突然怀疑其中或许隐藏着一个深深的谎言。我想，或许他们原本就没什么女儿，有的仅是一份深植内心的渴望与孤独。也终于明白，孤独一定是有多种形式的，在一句谎言的背后，那孤独，是希望，也是刀子，像暖暖的光，也像冷冷的冰，让一颗心，在时间里不知所终。

在村里，除姓郑的老夫妇外，其他老人，都知根知底。他们的孤独，就像一潭清澈的秋水，一览无余。他们就那么敞着，裸露着，即使一丝波澜，也毫厘不差。他们的孤独，跟姓郑的老夫妇截然不同，更多是来自生活中鸡毛蒜皮的小事，琐碎，抬不上桌面，却顽强并真实地存在着。

他们有儿有女，孙子成群，却跟儿子媳妇处不好，儿子媳妇对他们成见不断。在村里，经常听到：某家儿媳先是买了双鞋给婆婆，因家务事闹翻后，媳妇按着婆婆的脚强行脱掉了鞋；某家儿媳先是给婆婆买了套衣服，一阵吵闹后，婆婆把衣服抱到村口的千年古树下，又是哭诉又是烧香又是磕头又是诅咒；还有某家儿子媳妇虐待公公婆婆，老人们就说养儿养女是报应……到最后，老人们就很少说话了，不管谁对谁错（也没人评判谁对谁错），总之你就看见了一个个老人，在时间中沉默了。就像一头老牛，独自卧在夕阳下咀嚼，几十年的光阴，终于只剩下一个人在牙齿间的回味。

当然，村中老人，也还有另样的孤独。比之于以上老人，他们内心是沉实的，也更让人遐想的；他们或许还是冷静的，也更能打动心灵并让你愿意去述说的；他们就像一株开放在时间里的花，无论是肉体还是心灵，即使多年后，仍让你唇齿留香。

印象最深的是一个叶姓老人，身体硬朗，乐观开朗，一年四季，脸上始终挂着微笑，即使吃不饱饭的年月，仍像春天的花朵荡漾。但我还是发现了隐藏其下的孤独，一经多年，那孤独，在一脸花朵的遮蔽下，总引人怅然。

老人参加过中国远征军，去过缅甸，队伍打散后，只身回到村里。跟他一起上战场的，还有他弟弟，但一去之后，彼此再没音信。他的孤独，从此而生。后来的每个月圆之夜，他都要在圆梦花上挽下一个又一个的结，据说此举能让梦想成真。他不断地挽结，借此祈祷弟弟平安在世。一直到他离世，他都在为此马不停蹄。而我，则看到了一群经年不息的孤独，在一簇圆梦花上奔驰，像一条跨越千山万水的河流……

再后来，乡村老人的孤独，一下子来了个急转弯。一下子，你似乎从一条看家的老黄狗，忽而变成了一头至死不休的老牛。自20世纪90年代，村里的年轻人就都出门了，即使是孩子，只要稍稍有了点劳力，就纷纷外出打工了，就像一种逃亡，义无反顾地奔赴。老人们一下子都疑惑并无所适从了，他们不明白土地究竟出了啥问题，为什么突然就留不住人了。走空的村子，就像冬天的鸟巢，孤零零地挂在叶子落尽的枝丫上。开春了（只有春天还是要来的），土地哪能丢荒呢？于是，老人们似乎又回到了从前，带上孙子，扛起犁耙，重新回到土地上。只是土地也不是先前的面容了，在春天的深处，那些佝偻的身子，让土地显得有精无神，离开年轻人怀抱的土地，就像失血的一张脸。而老人们也真的老了，他们已无力进入土地的深处——他们此时的身影，更像村庄跌落的一声叹息，或者就像春天掉下的一滴浊泪，一下子，时间与面容，都面目全非了。于是，孤独就像春天遍野的草木，覆盖所有内心；于是，老人们就一次次对着远方怀想："儿子媳妇们究竟何时才回来啊？……"

谁知道呢？又会有谁，顾及他们的孤独？在乡村，知道这些答案的，或许只有风了。而风又是什么东西呢？我想，或许只有时间知道了。而时间，它原本就是一个永不为人知的秘密呵。

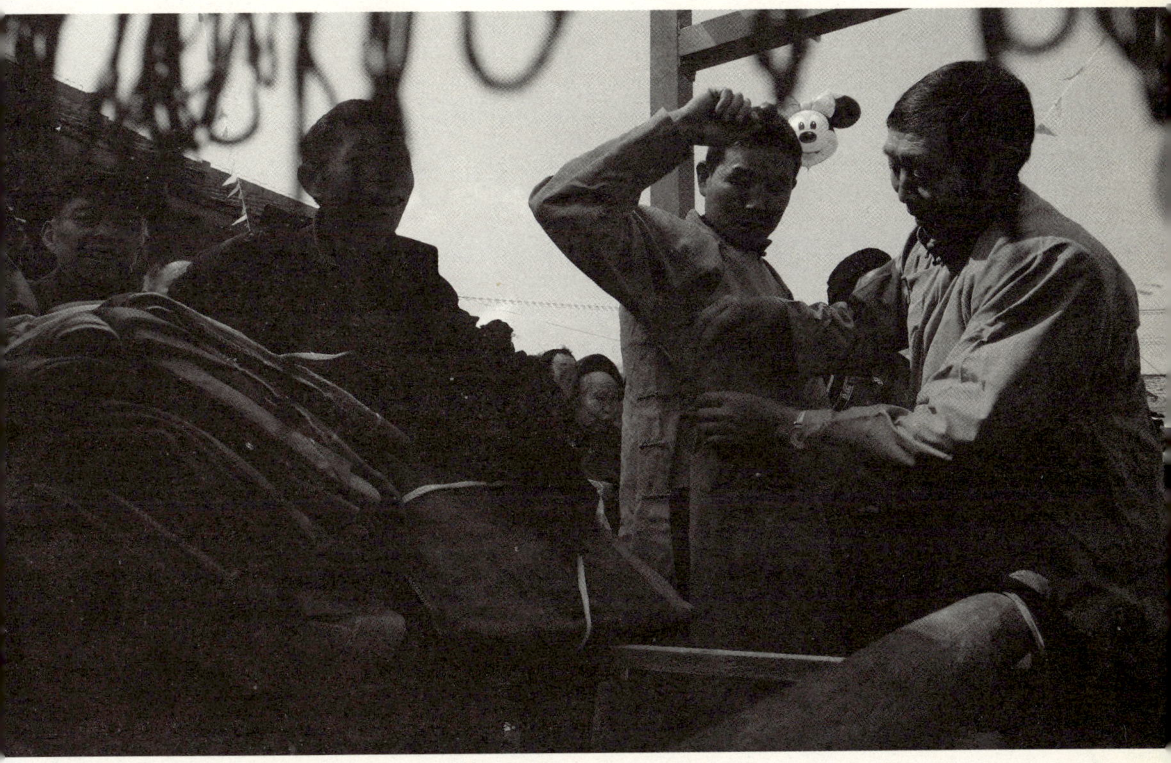

Xiang Cun Lao Wu

乡村老屋

我一直以为，真正的老屋，它只属于乡村。

城市过于疏离，它不生长乡情；只有在乡村，一幢老屋，它才是有根的。一幢没有经历过炊烟熏染的屋子，它是不配成为老屋的；只有堆过庄稼和承载过稼穑的屋子，才会构成回忆——那里有时间弄丢的东西。譬如走失的老祖父母；譬如某个母亲留在灶台边忙碌的身影；譬如某个简单的火塘，以及火塘边永远睡着的某只小猫；譬如屋檐下某块长满青苔的石阶，以及水滴石陷的印痕；再譬如多年后屋檐下一直随风飘荡的某根茅草，以及你置身其间的一缕失落和怀念。它们一定都是从内心的最深处长出来，就像某株庄稼，其灵魂一直深扎于泥土内部。

一幢真正的老屋，它从来都是属于心灵的。

只不过，一幢老屋，它也是从新然后变旧的——就像时间，从早到晚，其间的过程，它其实是一步步的，缓慢或者迅疾，更多的只是岁月制造的一种错觉，或者说是内心的某种沦陷。

一幢乡村老屋，在多年前，某个做父亲的或者用新泥一层层地垒上去，或者用石头一块块往高处砌，再或者就用几根新砍下来的木头把架子搭起来，上面盖些茅草、石片或瓦片，它就搭建起来了。虽然简陋和潦草了些，但毕竟是新的。尤其是，当做母亲的在灶台上燃起炊烟，当一群孩子——至少都有三五个，有的甚至七八个围着一锅冒着热气的土豆或红薯转来转去时，屋子就热闹起来，一幢新房就更像新房的样子了。

孩子们虽然多，但父母们并不认为这是累赘，相反，那时候人们普遍认为，一幢房屋，如果没有孩子在其中转动，它就真的老了。在村人们最初的眼里，所谓老屋，并不以修建的时间而论，老与否的标志，主要看是否有活蹦乱跳的孩子生活其间。

在这样的屋里，总有一些鸡鸭飞出飞进，秩序虽然有些混乱，但在村人眼里，并不会觉得有丝毫的不适。尤其是当一只公鸡跃上门槛引颈高歌，当一只母鸡下完鸡蛋，以一脸的得意和幸福从鸡窝里“咯咯”地一路奔向母亲们犒赏它们的玉米籽时，母亲们甚至有些恍惚，总觉得在自己眼前穿梭的就是一个个调皮的孩子，一份幸福不自觉盈满心间。

除了鸡鸭之外，牛马猪羊也是乡村老屋的主人。通常是，人住在里面，牲畜也住在里面，彼此间的呼吸，互相出入，时间长了，你甚至分辨不出谁是谁的气息。有时候你甚至还会为之疑惑，不知道人与牲畜之间，究竟谁才更重要。而人们却一定是喜笑颜开的，六畜兴旺与五谷丰登对乡村而言，就像一个美丽的梦，在那梦境之上，永远是春花灿烂的季节。

只是，时间并不会因为梦境的美好而就此停留。在乡村的屋子之上，时间总在不经意间，几阵风后，就悄悄改写了曾经的热闹，把一地的沧桑，猝不及防地摔在每个人的眼前。

譬如有一些房屋，先是做父亲的满怀希望地将之修建起来，有个别人家，因为做父亲的无论各方面都是村里的领头人，修建新房时还请了唢呐和摆了酒席之类，其热闹的场面让村人一度羡慕并憧憬不已。但没有想到，到做儿子的出来当家时，或者因为其人不成器，或者因为没有生育，再或者因为遭受意外，做儿子的先父亲而逝，而此时，做父亲的已老了，时间已让他无力重新支撑起这个家。于是，先前的新房，也就逐渐破败下去，就像一张被逐渐蚕食的叶片，先是茅草、石片或瓦片落下来，然后是木头被砍掉烧火，最后仅剩下几根柱子，一张胶纸从残存的一截墙壁上搭过来，勉强遮住风雨。再几年，做父亲的死去，柱子很快被拆除，大凡村人，均忍不住嘘唏。

还有一种老屋的结局也颇为尴尬。

先前，做父亲的因为有好几个儿子，于是兴冲冲地克服一切困难修建了拥有三个或是五个房间的一幢新房，其意是让儿子们长大后各有一间，并永远住在一起，永远热热闹闹。但让父亲预想不到的是，儿子们长大后，尤其是都娶了媳妇后，矛盾却突然来了，再然后就分家，先是大儿子搬出去，搬走的同时锯走了属于自己的那一间，紧接着二儿子、三儿子，及至所有的儿子都纷纷锯掉了属于自己的那一间……于是乎，曾经偌大的一幢新房，转瞬间就已七零八落，像风中落下的一个老人。至此，一个做父亲的曾经美好的心愿，也终于落空。

不过，在乡村，更多的老屋却是给人以温暖的。

譬如我出生的那间老屋。老屋是我的二曾祖父修建的。我的曾祖父死得早，曾祖父死的时候，我爷爷还不到三岁。二曾祖父无子，就收养了我爷爷。在二曾祖父一生的时光里，他将全部的爱都给予了我爷爷。尤其是后来，他节衣缩食为我爷爷盖起了一幢草房（在我的乡村，每个父亲都以给儿子盖一幢房屋作为自己毕生的责任），以一个乡村父亲的姿态，给了我爷爷完整的爱。

后来父亲们几兄弟和姑姑相继在这幢老屋出生，后来我们兄妹以及堂弟堂妹们相继在这幢老屋出生。几代人，二十余口之家，像一棵繁茂的家族树，在这里开枝散叶，一只只鸟儿，飞出飞进，彼此相亲相融。只可惜这间老屋，后来焚于一场大火，焚毁后再没有修复。一家人，也以父亲们几兄弟为单位，分别另寻屋基建起了新房。

老屋从此只剩下一块空地，母亲们每年在上面种些瓜果蔬菜，四季之中爬满各种植物的藤蔓和叶片，近似于时间纵横的纹理。但在我看来，那老屋似乎还在，每次从那里经过，我都会伫立良久。哪里曾经是灶台，哪里曾经摆放着一个红色的木柜，哪里曾经有一棵开花的桃树，甚至是祖父在某一天不知为何就砍掉桃树，以及红艳艳的桃花铺满庭院的那些细节，均会一点点地在心里浮现。尤其是想起多年前老屋热闹和欢乐的场景时，如水流逝的时间还会让我心痛。那些不可再来的温情，则像一些锋利的箭镞，让我无处逃遁。

因为我深知，一幢老屋，它就是我们的血脉之根。不管我们走得多远，走得多么绝情，一幢老屋，就像我们身体上的脐带，后来虽然脱落了，但它留下的印记，却是生死不灭的。即使有一天它被我们视为一座荒冢而彻底湮没，我们依然会从那里看到一种永世的牵挂：一头是我们已逝去的亲人，一头是我们一生都无法绕开的追思与呼唤。

而我一定还要说起另一幢老屋。直到现在，我的父母依然住在那里。老屋是父亲修建的，不过三十多年的历史，但自从十多年前我们兄弟姊妹离开老屋后，屋子就慢慢地显出了老相。偌大的屋子，很多房间都空了出来，从前我们用过的物具，都孤独地留在原来的位置，从没有人挪动过，甚至就连灰尘，父母也无力去擦拭。屋檐下的燕子，早已经不再回来，只剩一个空空的巢，仿佛苍老的一个眼神。一张多年前贴上去的年画，沧桑爬满其上。每天，父母在里面蹒跚地走着，面容枯晦，说话的声音上气不接下气，喉咙里的哮喘扯风箱一样衰败。而我们是很少回去的，即使回去了，也总是匆匆地就回城了，从没在老屋住上一夜。一幢老屋，与我们分明是越走越远了。

像我们家这样的老屋，虽然有些孤独，但毕竟还有父母在，毕竟我们偶尔也回去，总算还有尘世的气息。倒是村里的很多老屋，则已是人去楼空了，很多人家都已外出打工，并已失踪多年，只剩下一幢老屋立在原地。有的老屋倒也完好无损，但大多的，跟所有坍塌的乡村老屋一样，都是房梁先塌了下来，接着盖在上面的茅草、石片或瓦片接二连三地落下来，再然后是某个早晨或黄昏，所有的物件都纷纷垮了，一幢房屋就此成了废墟。

在那里，许多人、许多事分明都走远了，只有门前的某棵树，不管岁月如何迁徙，始终陪着它。偶尔的几只鸟雀，譬如乌鸦或是麻雀，偶尔也有画眉和布谷之类的，也从多年前的阳光和风雨中飞出来，落在枝丫间，地上落了一层狼藉的叶。一年比一年杂乱的狗尾草、艾蒿、野百合、蒲公英从庭院中的每一块石板下长出来，上演着寂寞与荒凉的热闹……

每一次，只要一闭上眼睛，我就会情不自禁地看见这些老屋。它们在那里，就像乡村与时间较量之后的惨败。在乡村落荒而逃的背影里，每一次，都会有深深的孤独与忧伤将我击中；每一次，我也都会看见在那些仓皇的影子里，至少有一个是我——他是那样无助，那样长久地泪流满面……

而我更知道，当时间至此，我心中的乡村老屋，早已跟我一起走失，就像一些不可避免要消失的物事，我们终究要被时间之尘所掩埋；但另一方面，我又真切地知道，在消失的同时，却一定会有永不忘却的回忆与怀念，从我这里，从你那里，像秋风卷过枯草，胡乱地迅猛地刮过我们恍若隔世的灵魂……

后记

我对乡村的记忆，大多停留在20世纪70年代至80年代这段时间，这时候的乡村还处于农历时代，只在一抔泥土中，人们便可以安放自己。之后，市场经济莅临，打工潮流席卷，一直到最后的拆迁，乡村迅速改变，人心从简单变得复杂，时间从清澈变得浑浊，彼岸此岸，乡村早已变得面目全非。

我不止一次地想起乡村的那些时光，那些人与事，那些坍塌的时间与心灵。我这样定位我的怀念，是因为在我看来，我的乡村所留给我的印象，自从我开始回忆它的那一天起就已经是一片废墟——在废墟中抬起头来，每一次，我都觉得沉重。

"我必须要记录下我的乡村以及我的民族在时间里的生命印记"——在肉体与精神的双重废墟里，我时常听到有这样的声音在催逼我自己。虽然我明知不一定能记录得完整，也不一定能真切地反映出其间的人与事，乃至一个乡村和一个民族在时间里所呈现出的真实面貌（甚至还会有谬误和以讹传讹的可能），但我知道作为至今为止我的乡村唯一的写作者，我有责任和义务将我所看见和感受到的乡村的所谓"历史"交付给只言片语的叙述，尽管我的叙述因为各种局限极有可能捉襟见肘，甚至贻笑大方，但我别无选择。我甚至觉得，一个人在乡村的"精神史"，或许亦是乡村的"完整史”的反映或是折射。

毋庸讳言，乡村对我而言，始终是一种化解不开的情结。再具体一点，就是我所出生的乡村——一个因为修建新县城和高铁火车站、一个因为拆迁而消失殆尽的村庄。她的一点一滴，一切温暖和美好的，一切丑陋和龌龊的，一切叫人疼痛和让人安慰的，一切真真切切地发生过却又如梦如幻的故事，无时不在我的心里萦回缠绕。在一次次的纠缠不清后，我开始觉得，这一切已然构成了我的精神质地——有几分孤独，还有几分不可救药，当然也有几分欣慰与从容。除了我真实的肉体外，它们也是我行走在这个尘世的另一副真实的身躯。

近年来，我断断续续地为我的乡村写下了十余万字，但我知道，它们是杂乱的、片段性的，更是破碎不全的。它们完全不足以承担起所谓乡村历史的“宏大叙事”；它们甚至是重复的，只属于一个人的“精神念叨”与“思想梦呓”，完全不够资格作为一个乡村的“历史记录”；还有，从所谓散文的艺术角度来说，它们亦是不入格的，它们缺乏真正意义上的文学元素，它们充其量只不过忠实并从属了自己的“心灵的真实”，只不过是纪念意义大于写作意义，它们注定只能是朝生暮死的一群。但我又固执地相信，有了它们的存在，我的乡村的“历史的轮廓”，甚至是“时间的真相”或许都可以渐次浮出水面。至少，在一个人的精神和思想史上，你可以清晰地看到作为正在快速而又大面积消失的乡村文明，作为彼时的牧歌似的乡村，作为此时乡村的自私、谵妄、分裂与破碎的诸多真实的存在，在时间的维度上所烙下的深刻印痕。同时，你还会发现与之共生的关于悲悯、同情，关于温暖和爱等所谓的人的“永恒情愫”。在近乎“朝圣”和“叩拜”的喃喃自语里，且不管那文字是如何的浅陋，且不管岁月的汹汹之水是否已将我们淹没，一份关于生命的思考却是千真万确的，一个人身陷时间漩涡的无奈与清醒亦是不言而喻的。

如此，便有了《草木黎人》这本散文集，便有了我对乡村的一次倾情梳理，当然，也还有某种意义上对我多年来散文写作的一次回望和总结（尽管这已经是其次）。从对乡村的怀念到对散文写作意义的探寻，自觉或是不自觉，有意或是无意，或许都是散文集《草木黎人》的双重宿命，不可能回避，也无法回避。

至于其宿命如何，却是我无法知道更无法把握的事情了。至于今后，我是否还会将一份对于乡村的怀念继续下去，是否还会在我的文字里继续关于乡村的叙述、记录和思考，更不得而知。因为，风吹过的时候，我们的肉体与精神，这时间与尘世的双重废墟，往往都会变得不可捉摸，更不可企及，宛如秘密一般。

还有就是感谢。我要真诚地感谢多年来为我发表文章的所有刊物，以及编辑老师们。一方面是他们不断地让我在写作中寻找到自信；另一方面且更主要的是，如果没有他们，我的乡村以及我们这个民族的生存史就不可能在更远、更大的范围内传播，我个人的思想和精神，我个人对散文的理解和认知，就不可能在全国各地获得表达的途径。还有就是要感谢我乡村的一草一木，以及我所有的父老乡亲，无论已经去世了的，还是正在尘世里过活的，无论仇恨我的，还是爱我的，无论已经忘记了我的，还是对我不离不弃的，我都要感谢他们。感谢他们让我明白了一个道理——所谓尘世，所谓生命，所谓情感，到最后，都不过是一阵风，风吹过，一切便都散了。只是我唯愿那散了的一切均能归于永恒，并永远朝着那春暖花开的方向……

李天斌

2015 年 4 月于贵州关岭